AF392067

Provisoirement

Marie B. Cartaillac

ISBN : 978-2-9560469-1-2

Auto-édition

Sommaire

Chapitre 1

J'ai dû éviter trois fois des crottes de chien dans les rues étroites que j'ai empruntées. Moi qui croyais qu'il n'y avait que dans le Sud que les rues étaient sales… J'arrive enfin devant le portail, fermé. Je me rappelle que je dois entrer par « l'entrée des artistes » et non pas par cette majestueuse entrée qui est réservée aux grandes occasions et aux visiteurs d'exception. Dommage. Je fais rouler mon vélo jusque sur le côté de l'immeuble et repère la porte, beaucoup plus modeste, qui est celle qui m'amènera sur mon lieu de travail tous les jours à partir d'aujourd'hui. Je regrette d'avoir pris mon vélo parce qu'avec la chaleur de ce début septembre, je sens la sueur couler le long de mon dos, sur ma nuque et sous mes seins, mais si j'avais marché, j'aurais mis au moins trois fois plus de temps. Je m'arrête quelques instants pour m'éventer un peu avec mes mains en guise d'éventail, puis, redressant ma colonne vertébrale de façon volontaire et épinglant mon plus beau sourire, je passe la porte. Comme d'habitude, je suis en avance, vraiment très en avance. Je pense que j'ai calculé le temps de trajet comme si j'y allais à pied, sauf que j'ai pris mon vélo. Je ne vois qu'une personne dans la cour, un homme d'une trentaine d'années en train de coller des affiches sur un mur. Je me dirige vers lui pour le saluer.

— Eh, salut, Émilie !

C'est Jonathan, le maître des CP. J'ai eu l'occasion de rencontrer mes collègues lors des journées de prérentrée, mais tout s'est passé très vite, je ne me rappelle pas de tout le monde, à part la directrice qui m'a recrutée et qui a l'air plutôt sympathique et aussi ce Jonathan, d'une part parce qu'un représentant du sexe masculin au milieu de toutes ces maîtresses, ça se remarque et d'autre part parce qu'il s'appelle Jonathan Latendresse. Je trouve ce nom tellement drôle !

— Bonjour, Jonathan.

Je lui tends la main, mais il s'approche pour me faire la bise. C'est un bel homme, mais on peut facilement être distrait par son look. En effet, tout en étant trop jeune pour les avoir vécues, il semble être resté dans les années 70. Il porte un sarouel aux motifs batik dans un camaïeu de bleus avec un chemisier-tunique blanc, un gilet sans manches noir et des sandales. Dieu merci, ses pieds sont impeccablement soignés. Il a de très beaux yeux bleus et un sourire craquant qui laisse voir une dentition parfaite. Oui, j'ai dû être marchand de bétail ou dentiste dans une autre vie, j'attache une attention toute particulière aux dents des gens. De mauvaises dents, c'est rédhibitoire pour moi. Le premier mot qui me vient en tête en le voyant est « sain ». Il a l'air sain et équilibré. Mais pourquoi diable arborer un tel look ? Y a-t-il une tradition locale selon laquelle on vient costumé le jour de la rentrée ? Pour ma part, j'ai choisi pour ma première journée une robe très simple, bleue, à motifs géométriques, confortable et qui, du moins je le crois, met en valeur mon corps aux formes un peu trop généreuses selon les canons actuels.

— Bienvenue dans l'école.

— Merci.

— Tu as le trac ?

— Un peu, mais je suis surtout très heureuse d'avoir trouvé un remplacement aussi long.

Nous continuons à échanger quelques banalités au sujet de la forte chaleur étonnante pour la région et la saison, puis j'accepte le café qu'il me propose. Petit à petit, mes nouveaux collègues arrivent, de même que les élèves accompagnés de leurs parents. Puis, vient enfin le moment du premier appel de l'année, celui qui permet aux élèves de savoir s'ils sont avec leurs copains, aux parents de savoir si la chair de leur chair est dans la classe souhaitée, et accessoirement aux enseignants de savoir avec combien de cas à problème ils devront composer cette année. En tant que remplaçante, je n'ai pas accès aux mêmes informations que mes collègues qui étaient déjà dans l'école l'année dernière. Je dois me contenter des noms qui ont émané des bribes de conversations que j'ai pu entendre entre les autres enseignants. Ce n'est pas plus mal, je me ferai ma propre opinion.

Je monte dans ma classe suivie de ces 31 enfants de CE2 dont je serai la maîtresse pendant toute une année scolaire.

J'ai réussi à obtenir ce remplacement d'une enseignante partie en congé de maternité et je suis extrêmement motivée, mais je me rends compte toutefois que j'ai quelques préjugés, que ce soit concernant la tenue, la coiffure ou les prénoms des enfants. Je me fais la promesse d'essayer de passer outre. En tout cas, je me félicite intérieurement de ne pas avoir dans ma classe la redoutable Inyaäh dont j'ai déjà entendu parler.

Dès que je sors de l'école, je me précipite sur mon téléphone pour raconter mes impressions sur cette journée de rentrée à Frédéric, mon amoureux resté à l'autre bout du pays. La décision d'accepter ce remplacement si loin de lui a été difficile à prendre, mais une telle opportunité ne se refuse pas et je crois en notre amour, je sais qu'il résistera à la distance. Mon amoureux travaille avec ses parents qui ont fondé la société Mistraline qui fabrique des produits de soins à base d'ingrédients typiquement méridionaux : la lavande, le savon de Marseille, le citron de Nice, ce genre de choses. Il est responsable de la recherche et du développement. Ce travail l'accapare beaucoup, d'autant que s'agissant de l'entreprise familiale, il est aussi impliqué sentimentalement. On s'est rencontrés tout bêtement chez des amis communs il y a seulement 2 ans, mais ce fut un véritable coup de foudre. Tout est allé très vite entre nous.

— Bonsoir, mon amour !

— Bonsoir, ma chérie, comment s'est passée cette première journée ?

— Plutôt bien, je dois dire. J'ai des élèves qui ont l'air assez sympas, je ne pense pas avoir de cas à problème. Les collègues, eh bien, ce sont les collègues, je ne peux pas trop en parler encore, mais pour ce qui est de la directrice, ça a toujours l'air d'aller. Et il reste encore à rencontrer les parents…

— Bien, je suis content que ça se passe bien. Ici, rien de nouveau, tout roule. Tu ne devineras jamais ce qui est arrivé à Christophe au bureau ce matin…

Et nous continuons à bavarder quelques minutes avant de nous dire au revoir.

Si dans un sondage on m'avait demandé d'évaluer ma dépendance à Internet sur une échelle de 0 à 10 (j'ai travaillé comme « sondeuse » pendant mes études, ça laisse des traces), je n'aurais guère mis plus de 3 peut-être 4, mais depuis deux semaines que j'ai emménagé, je n'ai toujours pas reçu le matériel me permettant de me connecter et ça commence à me manquer. J'ai un tout petit forfait téléphonique, donc pas de 3 ou 4 ou je ne sais combien de G. J'ai bien envie d'aller frapper à la porte de mes voisins pour demander si je pourrais momentanément me connecter à leur box en attendant d'avoir la mienne, mais je n'ose pas. J'ai pris possession de mon appartement en plein mois d'août, et à l'époque l'immeuble était désert, alors je n'ai encore rencontré aucun voisin, à part une vieille dame très sèche, dans tous les sens du mot, qui s'appelle madame Miller et qui habite au rez-de-chaussée.

J'ouvre une bouteille de vin de Cassis, produit introuvable en dehors de la région de production, que j'ai apportée exprès pour l'occasion. Je vais en déguster un verre sur ma mini-terrasse qui donne sur la rue. Cet extérieur a beaucoup contribué au coup de cœur que j'ai eu pour cet appartement. Je sais bien qu'en Bretagne les occasions d'utiliser une terrasse sont plus rares que dans mon Sud natal, mais c'est tout de même agréable de pouvoir profiter du beau temps quand il se présente, même si c'est rare. En tout cas, ce soir c'est le cas.

Je reste là à rêvasser en essayant d'imaginer à quoi va bien pouvoir ressembler cette année qui commence. Ce vin blanc bien frais dont le goût évoque la Méditerranée et les vacances me rend euphorique et pleine d'espoir. Je me prépare un petit festin « tout surgelé » que je dévore en profitant de la vue. À un moment, je vois un homme sortir de mon immeuble et se diriger vers une place voisine. Je le poursuis du regard parce que vu son allure et sa façon de s'habiller, il a l'air, même de dos, d'être un candidat plus sérieux à la potentielle possession d'une connexion Internet que cette madame Miller. Mais je le perds rapidement de vue. Je reste sur la terrasse une bonne partie de la soirée avec un livre, en espérant le voir revenir, mais sans succès. Je me décide à rentrer vers 22 heures. Après tout, rien ne me prouve que ce garçon habite mon immeuble. Il peut aussi bien être venu rendre visite à quelqu'un, pourquoi pas à madame Miller ? Et quand bien même il habiterait l'immeuble, il a bien le droit de rentrer à l'heure qu'il veut.

Chapitre 2

Deux semaines après la rentrée, je commence à prendre mes marques. J'ai une classe plutôt sympathique. Je ne trouve rien pour l'instant à redire contre mes collègues même si je sens bien que je ne serai pas forcément copine avec tout le monde, surtout pas avec Agnès, une maîtresse de CM1 qui me tape déjà sur les nerfs à ne parler que de ses chats comme s'il s'agissait de ses enfants. Quant aux parents d'élèves, j'ai eu l'occasion d'en rencontrer quelques-uns, mais c'est ce soir que j'en rencontrerai le plus, lors de la réunion de rentrée. Celle-ci se déroule sans anicroche, avec bien sûr son lot de questions m'obligeant à répéter ce que je viens juste de dire.

— En ce qui concerne les devoirs, je n'en donne pas beaucoup, mais je demande tous les soirs aux enfants de revoir les leçons vues dans la journée.

À peine 10 secondes plus tard, une femme de type « *executive woman* » lourdement bijoutée et parfumée qui a posé ses deux iPhone sur le pupitre de sa fille me demande :

— Et est-ce que vous donnez beaucoup de devoirs ?

Mon Dieu ! J'espère qu'elle est plus efficace dans son travail qu'en tant qu'auditrice de réunion de parents ! Comment répondre à ce genre de question sans perdre son sang-froid et sans lui dire de façon désagréable : « Je viens de le dire ! » ? On reproche aux enfants de ne pas être attentifs en classe, mais quand on voit certains parents on se dit qu'ils sont encore pires. Même si je n'ai pas une longue expérience d'enseignement, je sais que les réunions de parents ne sont pas une partie de plaisir, ce qui se confirme ce soir. Certains se sentent autorisés à poser des questions qui concernent les problèmes personnels de leur enfant — « Killian a une scoliose, est-ce qu'il pourrait avoir les livres en double pour éviter d'avoir à transporter son cartable ? » — « Maminou est allergique aux kiwis, pourriez-vous demander aux parents de ne pas en donner à leur enfant pour le goûter ? » — « Comme je rentre tard du travail, serait-il possible que Maurice fasse ses devoirs à l'école ? »

Heureusement, Jonathan est là, en renfort. Normalement, c'est la directrice, Delphine, qui assiste aux réunions de rentrée, mais ce soir elle n'a pas pu être présente et Jonathan la remplace. Grâce à son expérience, sans doute, il a réussi à faire comprendre diplomatiquement aux parents qu'il n'était pas possible de faire subir à la majorité des problèmes qui touchent un individu en particulier et que les règles doivent s'appliquer à tous de la même façon. J'ai tout de même voulu intervenir en précisant que pour tous les parents souhaitant discuter d'une situation concernant leur enfant, je suis disponible sur rendez-vous. Il n'empêche que si Jonathan n'avait pas été là, j'aurais peut-être eu tendance à me laisser déborder. Je le remercie chaleureusement lorsque tous les parents sont partis.

Si la rentrée se passe bien, il y a tout de même une ombre au tableau : je n'ai toujours pas reçu ma box. Je téléphone au service client de Bird Télécom :

— Bird Télécom bonjour, cet appel vous sera facturé 20 centimes la minute, hors frais d'opérateur le cas échéant. Dans le but d'améliorer sans cesse nos services, cet appel peut être enregistré. En vertu de la loi « Informatique et Liberté », vous disposez d'un droit d'accès et de rectification des données personnelles vous concernant détenues par Bird Télécom. Assurez-vous d'avoir en main votre numéro de client, votre carte bleue (*c'est bon, j'ai même pris mon carnet de vaccination, au cas où*). Si votre appel concerne un problème technique, tapez 1, si votre appel concerne un problème de facturation, tapez 2, si votre appel concerne un mélange de 1 et 2, tapez 3, si vous n'êtes pas encore abonné, tapez 4 (*et si mon appel concerne une crise de nerfs, je tape sur qui ?*)… Si vous ne savez pas quoi taper, tapez 9, pour réécouter ce message, tapez dièse. Votre appel est important pour nous, veuillez patienter, un conseiller va vous répondre. ♫ I feeeeel good, na nana, na nana ♪…. Votre appel est important pour nous, veuillez patienter, un conseiller va vous répondre. ♪I feeeeel good, na nana, na nana ♫…. Votre délai d'attente est estimé à… Toutes nos lignes sont occupées, veuillez renouveler votre appel ultérieurement.

Au bout de 30 minutes, je réussis enfin à parler à un certain François doté d'un fort accent dont je n'arrive pas à établir la provenance, mais qui est certainement hors des frontières françaises, y compris celles situées outre-mer, qui m'assure que mon matériel m'a été livré depuis deux semaines et que j'ai même signé le bon de livraison ! J'ai beau protester, François ne peut rien faire pour moi. Il me conseille de me renseigner autour de moi pour m'assurer que personne d'autre n'a réceptionné le colis à ma place, un voisin de palier, la gardienne de l'immeuble… La gardienne de l'immeuble ! Ça existe encore, ça ? Pas dans mon immeuble en tout cas, il se garde tout seul, l'immeuble. Des voisins, ça oui, j'en ai, mais je ne les connais pas. Après avoir mis fin de façon abrupte et peu aimable à ma conversation avec François, je vais frapper à la porte la plus proche de mon appartement et une jolie trentenaire vient m'ouvrir, suivie d'un petit Spiderman qui mange une pêche avec ses gants d'homme-araignée et d'une petite reine des neiges dont la perruque blonde cache mal la tignasse crépue. Je les regarde en essayant de me rappeler si je les ai vus dans la cour d'école, mais ça ne me dit rien.

— Bonjour, je suis Émilie Caron. Excusez-moi de vous déranger, j'habite l'appartement en face depuis le début du mois et j'ai un petit souci technique. J'ai pris un abonnement à Internet chez Bird Télécom et apparemment mon matériel m'a été livré et a été réceptionné par quelqu'un d'autre que moi. Alors je me demandais si ça ne pouvait pas être quelqu'un qui habite ici, puisque je suis juste en face.

— Bonjour, je m'appelle Florence. Non, ça ne me dit rien. Je demanderai à mon mari, mais je ne pense pas, je l'aurais vu s'il avait reçu un tel colis.

— D'accord, je vous remercie. Est-ce que je pourrais abuser de votre gentillesse jusqu'à vous demander si je peux provisoirement me connecter sur votre box en attendant que je puisse me servir de mon propre abonnement ?

— Ah, ça aurait été avec plaisir, mais on n'a pas Internet. Toutes ces ondes, on a peur que ça soit mauvais pour les enfants, alors on ne se sert d'Internet qu'au bureau et on ne s'en porte pas plus mal.

— Oui, bien sûr. Eh bien, excusez-moi encore de vous avoir dérangée et merci quand même, dis-je en pensant que quand je serai finalement connectée à Internet, si jamais je le suis, je serai responsable de l'exposition de ces chérubins aux ondes…

Je n'obtiens aucune réponse aux trois autres portes sur mon palier.

Chapitre 3

La Toussaint tombant par un heureux hasard un lundi, Frédéric et moi avons décidé d'en profiter pour nous organiser un petit week-end de retrouvailles. Nous avons choisi le sud de la France pour que je puisse en profiter pour revoir ma famille, et aussi parce qu'en cette saison, le temps risque d'y être plus clément qu'en Bretagne.

Mais c'est déjà l'heure du retour. En m'installant dans l'avion, en ce lundi après-midi, je me sens triste de quitter mon Sud et mon amoureux, mais aussi heureuse de retrouver mon nouveau petit chez moi (même sans Internet), ma nouvelle vie, mon travail, mes élèves…

Les prochaines retrouvailles avec Frédéric ne devant avoir lieu qu'au moment des fêtes de fin d'année, je tente de m'occuper du mieux que je peux et de m'impliquer le plus possible dans la vie de l'école, pour m'apercevoir qu'il n'y a pas tellement place à l'implication. La plupart de mes collègues font bien leur travail, mais à partir de 17 h chacun retrouve sa vie propre. Je me sens un peu seule, j'ai l'impression que tout le monde a une vie, sauf moi. J'avais déjà une classe du même niveau l'année dernière, alors je ne croule pas sous la préparation. Je me suis inscrite à des cours de Pilates, et cela me fait du bien, mais comme j'ai choisi le créneau du mercredi après-midi à 14 h, il n'y a guère que des retraitées qui suivent le cours avec moi. Sans vouloir faire de discrimination basée sur l'âge, je ne vois pas trop ce que je peux avoir en commun avec ces femmes plus âgées que ma propre mère. Ce mercredi-là, cependant, je suis très reconnaissante envers Bernadette, une de mes camarades de cours, qui me sauve la mise alors que je suis partie en vitesse de chez moi laissant mon sac de sport sur la table de la cuisine. Je porte bien sûr ce jour-là une robe droite, impossible de faire le cours dans cette tenue. Et c'est Bernadette qui me propose gentiment de me prêter une tenue, nous faisons à peu près la même taille. Elle en a toujours deux dans son sac, parce qu'on ne sait jamais… J'accepte, mais je tiens à lui rapporter sa tenue lavée chez elle avant le prochain cours. Bernadette propose que j'en profite pour venir prendre le thé chez elle.

Je me présente donc chez elle le samedi après-midi avec des muffins de ma fabrication et je lui offre aussi un tube de crème pour le corps Mistraline aromatisée au mimosa. J'entre dans un joli appartement très lumineux et très éloigné de l'idée que je me faisais du logis d'une dame de son âge. On y remarque les preuves des nombreuses activités de la parfaite retraitée qu'elle pratique : peinture, poterie, couture… Alors que nous vaquons toutes les deux dans la cuisine à préparer le thé, je remarque sur le frigo de Bernadette plusieurs photos d'un enfant que je connais bien puisqu'il s'agit de Louis, un élève de ma classe. Et c'est en papotant autour d'une tasse d'Earl Grey que nous découvrons que je suis la maîtresse du petit-fils de Bernadette. Heureusement, Louis est un bon élève et adorable en plus. Dans le cas contraire, j'aurais été mal à l'aise vis-à-vis de Bernadette.

Quelle n'est pas ma surprise un beau mercredi, en voyant arriver dans la salle de sport Jonathan, vêtu d'une tenue de yoga qu'il semble avoir fabriquée lui-même. Évidemment, le mercredi après-midi, il n'y a pas que moi et les retraitées qui avons du temps libre, il y a aussi tous les enseignants qui n'ont pas d'enfant à accompagner à leurs diverses activités parascolaires. Il me propose d'aller boire un café après le cours de Pilates, ce que j'accepte avec plaisir. Je le trouve très sympa et sans chichis. Certes, son look est pour le moins original, mais ça n'empêche pas qu'il a l'air très gentil et calme, ce qui est le cas de moins en moins de gens. Et puis avec ses vêtements de Pilates, on remarque mieux qu'il est loin d'être mal foutu... Pas du genre qui fait de la gonflette en se regardant dans la glace de la salle de sport et qui poste des selfies de lui et de ses tatouages sur Instagram, mais plutôt du genre qui fait de l'escalade et du vélo le week-end et qui ne rechigne pas à aider ses voisins à transporter des trucs ni à prendre l'apéro avec eux et dont les photos pas forcément flatteuses en train de trinquer se retrouvent sur Facebook. Bon, j'extrapole certainement, mais enfin, je me comprends... On se retrouve au Café Da c'hortoz, une institution dans la ville et où je ne suis encore jamais allée. Jonathan me présente à Élouan, le patron, en lui expliquant que je suis nouvelle en ville. Élouan jure qu'il prendra bien soin de moi chaque fois que je mettrai les pieds dans son établissement. Je suis amusée et rassurée. Je commande un Perrier et Jonathan un thé.

— Alors, Émilie, tu te plais dans notre ville ?

— Oui, j'aime beaucoup la ville et la région, c'est si beau ! Moi qui adore les hortensias, je suis comblée. Et puis je ne suis pas de ces sudistes bornés qui ne jurent que par leur cher Sud, comme s'ils l'avaient fabriqué eux-mêmes !

— C'est tout à ton honneur. Pas trop difficile d'être loin de ta famille et de ton amoureux ?

— C'est le plus difficile, mais en même temps, ça fait du bien d'être loin de sa famille et de sa ville natale, ça donne une impression de liberté. Pour ce qui est de Frédéric, je crois très fort en notre amour et j'espère qu'on pourra être réunis le plus tôt possible. Et toi, Jonathan, tu es un Breton pur et dur ?

— Moi ? Pas du tout, je suis Québécois ! Remarque, peut-être que mes ancêtres venaient de Bretagne, je ne me suis jamais intéressé à la question.

— Ah bon ? Mais tu n'as pas du tout l'accent.

— Des années d'entraînement au camouflage d'accent ! Mais si tu me mets en colère, l'accent va vite revenir. Essaie pour voir.

— Je n'oserais pas, dis-je en riant. Et même si je le voulais, je ne saurais pas comment, tu as toujours tellement l'air de bonne humeur. Mais pourquoi cacher ton accent, c'est si joli, l'accent québécois.

— Eh bien, il est parti un peu par mimétisme et puis aussi parce que, sans avoir le moins du monde honte de mes origines, ça devient un peu lassant d'être toujours « le Canadien ». Tout le monde fait les mêmes remarques, pose les mêmes questions en s'imaginant bien sûr être le premier. Ils ont tous un cousin ou un ex-voisin qui est parti s'installer au Québec. J'ai eu envie de me fondre un peu dans la masse.

Je me retiens pour ne pas lui dire qu'il a plutôt préféré détourner l'attention sur son look.

C'est ainsi que j'apprends que Jonathan est venu en France pour faire des études il y a 10 ans, qu'il a rencontré une Française nommée Sophie dont il est tombé amoureux, qu'il a poursuivi ses études pour pouvoir rester avec elle et devenir instituteur.

Nous prenons l'habitude d'aller prendre un verre après le cours de Pilates tous les mercredis, parfois avec Bernadette, lorsque ses nombreuses activités lui en laissent le loisir, et nous allons parfois en ville faire quelques emplettes.

Chapitre 4

Un des moyens que j'ai trouvés pour m'occuper est d'organiser des sorties avec mes élèves. Aujourd'hui, nous allons au zoo. Nous sommes partis ce matin avec nos sacs à dos. J'ai deux accompagnatrices, Corinne, la maman de Zoé et Bernadette, la mamie de Louis et ma nouvelle copine. La journée s'est bien passée, nous avons eu du beau temps et c'est le moment de repartir. Je demande à Bernadette de compter les enfants qui montent dans le bus. Affolée, elle me dit qu'elle n'arrive qu'à 27 alors que quand nous sommes partis ce matin ils étaient bel et bien 28. Je demande aux enfants de rester assis et je les recompte pour arriver moi aussi au nombre 27 ! Je commence à être vraiment stressée. Je recompte encore une fois et cette fois j'arrive à 26. Non, mais ce n'est pas possible, ils ne se volatilisent pas ces enfants, quand même ! Je recommence et j'arrive de nouveau à 27. J'essaye de voir qui peut bien manquer, je regarde les groupes de copains sans arriver à voir qui manque. Je n'ai pas pris la liste des élèves, alors je ne peux pas faire l'appel. Je sens ma tension monter sans savoir ce que je dois faire. Je suis bien obligée de demander aux enfants, ils sont les seuls à pouvoir m'aider à trouver qui manque et je ne pourrai pas leur cacher éternellement qu'il y a un problème, ils vont se demander pourquoi on ne démarre pas alors qu'ils sont tous assis dans le bus. Tous sauf un ! J'essaye de reprendre mon calme et je demande :

— Chut, écoutez-moi bien. Je crois qu'il manque quelqu'un de la classe, est-ce que vous pouvez me dire qui c'est ?

— C'est Salomé, dit Sarah.

— Non, Salomé était déjà absente ce matin, elle n'est pas partie avec nous.

Et finalement, je ne sais pas pourquoi, mais je pense à Léo. Arrivé un peu après la rentrée, il n'a pas encore trouvé sa place et est plutôt solitaire, il ne serait pas étonnant que personne ne remarque son absence. Je remonte du regard les rangées d'élèves et effectivement, je ne vois pas Léo. Je vais voir Bernadette et Corinne pour leur annoncer que j'ai identifié l'enfant manquant et elles me proposent de partir faire une ronde autour pour essayer de le retrouver. Il ne doit quand même pas être bien loin. Je suis partagée, je ne sais pas si je dois laisser Bernadette et Corinne tenter de trouver Léo et rester avec mes élèves ou si je dois aller moi-même à sa recherche et demander à l'une d'elles de garder la classe en attendant. Puis je pense à la parabole de la brebis égarée et je choisis la seconde option, j'ai besoin d'agir et non d'attendre. Je demande donc à Corinne de rester avec les enfants pendant que Bernadette et moi partons chacune de notre côté pour essayer de retrouver Léo. Je me rends à l'accueil du zoo pour expliquer la situation, on me propose de me prendre sur la petite voiture électrique qui est utilisée pour nourrir les animaux. J'ai une petite pensée pour Bernadette qui fait sa ronde à pied, mais je crois qu'il est préférable de faire deux équipes, surtout qu'elle me téléphone régulièrement pour me tenir au courant. Nous faisons le tour du zoo en long et en large, heureusement qu'il n'est pas très grand, mais aucune trace de Léo. Tout à coup, j'ai une idée, je demande à l'employé qui me trimballe sur sa voiturette de m'amener là où nous avons pique-niqué. Je descends et j'arpente les lieux lorsque j'aperçois un petit ravin derrière une rangée d'arbres. Je m'approche et, soulagement, j'aperçois Léo qui est paisiblement endormi. Je me penche vers lui et le réveille doucement.

— Eh ben alors, Léo, tu devais être drôlement fatigué pour t'endormir ici !

Il me regarde un peu hébété et me dit :

— Ah oui, je ne sais pas ce qui m'est arrivé, je me suis endormi.

— Comment ça se fait ? As-tu mal dormi la nuit dernière ? Es-tu malade ?

Je pose ma main sur son front et je le trouve chaud.

Nous retournons vers le bus, Bernadette nous rejoint après que je lui ai téléphoné pour lui annoncer la bonne nouvelle.

Inutile de tenter de cacher ce qui s'est passé, 28 enfants ne peuvent pas garder un secret, je ne peux pas me défiler, je vais devoir faire face à la musique. Heureusement, ma directrice me soutient et minimise l'incident auprès des parents à qui les enfants racontent la mésaventure pour justifier le retard du retour du bus, elle semble même trouver drôle que Léo se soit endormi dans un ravin. Je précise à Mélanie, qui s'occupe de la garderie du soir, que je pense que Léo est fiévreux et lui demande de prévenir la personne qui viendra le chercher.

Le lendemain, Léo ne se présente pas en classe, ce qui m'inquiète un peu.

Le matin suivant, je me fais interpeller dès que je mets le pied dans la cour par une femme que je n'ai jamais vue, du moins, il me semble.

— Bonjour, mademoiselle Caron, je suis la maman de Léo Dubois et je voudrais avoir des explications sur ce qui s'est passé avant-hier.

— Bonjour, oui, c'est bien normal. Je suis vraiment désolée de ce qui s'est passé. J'aurais dû vérifier que j'avais tous les enfants quand nous avons quitté la zone de pique-nique, mais nous allions directement prendre le bus, alors je me suis dit que je compterais les enfants à ce moment-là. Léo est très discret, personne ne s'est aperçu qu'il n'était pas avec nous. Et puis il m'a paru fiévreux quand je l'ai réveillé. Il n'est pas venu à l'école hier. Peut-être était-il malade ?

— Je n'ai rien à faire de vos insinuations. Mon fils n'était pas malade et s'il n'est pas venu à l'école hier, c'est pour lui permettre de se remettre des événements de la veille. Que mon fils soit discret ou pas ne change rien au fait que vous avez commis une faute professionnelle et je tiens à vous dire que ça n'en restera pas là, je vais porter plainte auprès du rectorat !

— Je ne nie pas une certaine maladresse sans doute due à mon manque d'expérience, mais vous admettrez avec moi que votre fils est revenu en temps et en heure et sans aucun traumatisme.

— Ça, seul l'avenir nous le dira !

— Écoutez, je ne peux que vous répéter que je suis sincèrement désolée de cet incident et m'en excuser platement. Je pense cependant que ce n'est pas une si mauvaise chose pour

Léo puisqu'après l'incident, on aurait dit que les autres enfants avaient découvert son existence et que lui osait davantage aller vers eux. Nous verrons si cela se confirme aujourd'hui. Ce n'est jamais facile d'arriver dans une école en cours d'année scolaire.

— Je vous ai à l'œil et s'il arrive le moindre truc à mon fils, vous entendrez parler de moi.

— C'est noté, madame Dubois.

— Je ne m'appelle pas madame Dubois, mais mademoiselle Thibault.

Quelle idée d'insister pour se faire appeler mademoiselle passé la vingtaine, qui plus est quand on est la mère d'un gamin de 8 ans ? Je trouve ça absolument ridicule. Elle me tourne le dos et se dirige vers la porte de la cour en faisant claquer ses très très hauts talons.

Chapitre 5

Tout le monde est affairé. J'ai réussi à faire accepter mon idée d'organiser un marché de Noël à l'école et c'est aujourd'hui que ça se passe. Le but est d'aider au financement de la classe verte dont j'ai également réussi à faire accepter l'idée. Je suis occupée à couper en parts les gâteaux que certains parents ont bien voulu confectionner pour qu'ils puissent être vendus dans le cadre du marché de Noël quand Jonathan vient me voir et me dit :

— J'ai quitté Sophie.

— Nooooon !

— Oui, elle m'a encore fait une scène incroyable hier, je pense qu'elle ne me supporte plus. Alors je préfère me tenir éloigné pour quelque temps.

— Mais où vas-tu aller ?

— Je vais me trouver un petit studio meublé. Pour l'instant, je dors sur le canapé.

— Écoute, je pars dans le Sud pour les vacances de Noël, je te prête mon appartement pendant ce temps, si tu veux.

— C'est super gentil de me proposer ça. Je vais y réfléchir. C'est vraiment intenable à la maison. Je vais voir. En tout cas, je te remercie vraiment de ta proposition, je te tiens au courant.

Je retourne à mes gâteaux et je vois arriver Léo accompagné de ce que je présume être son papa.

— Alors, Léo, qu'est-ce qui te ferait plaisir ?

Me voici obligée de lui décrire chacun des gâteaux qui sont sur le présentoir alors que je ne sais pas plus que lui ce qu'il y a dedans.

— Celui-ci, je dirais qu'il est au citron à cause du zeste sur le dessus, ça, c'est clairement un brownie, voilà une belle tarte aux pommes, ça, ça ne peut être qu'un Savane (*on connaît bien les Savanes, quand on est maîtresse d'école*). Par contre, celui-ci je ne sais pas du tout, il me semble trop clair pour être au chocolat, peut-être est-il au caramel. Celui-ci je dirais que c'est à la noix de coco…

Je continue à faire l'inventaire des gâteaux et Léo finit par se laisser tenter par un cupcake au parfum non identifié, mais joliment décoré, et il repart vers les autres stands avec son papa qui me remercie pour ma patience.

Note à moi-même pour la prochaine vente de gâteaux : demander aux parents une description claire et précise du gâteau qu'ils apportent et prendre le temps de mettre de petites affiches.

La soirée se déroule au-delà de mes espérances, tout le monde a joué le jeu, il y a eu beaucoup de monde. Je me retrouve avec les collègues présents vers 20 heures après avoir fini de tout ranger. Delphine est déjà partie, elle nous a confié les clés et la mission de fermer les locaux. Nous sommes tous réunis dans la salle des enseignants en train de décompresser. Je remarque que Jonathan sort de la pièce pour revenir 2 minutes plus tard avec deux bouteilles de mousseux et des gobelets en plastique. Nous trinquons tous dans une atmosphère très agréable. À ce moment, je me sens bien dans cette école, dans cette ville.

Jonathan assure qu'il fermera l'école et tout le monde part, mais je suis intriguée par la confidence qu'il m'a faite un peu plus tôt, alors je reste avec lui pour en apprendre davantage et pour qu'on s'organise s'il accepte ma proposition.

Je suis épuisée par cette journée, alors je m'installe sur le canapé un peu horrible et datant de l'époque pré-Ikea qui est installé dans la salle réservée aux enseignants, et allonge mes jambes. Jonathan vient s'asseoir à l'autre bout, mes pieds effleurent sa cuisse, mais ni lui ni moi n'en faisons de cas.

— Tu as eu le temps de réfléchir à ma proposition ?

— Pas vraiment, mais j'accepte.

— OK, alors tu viens quand tu veux.

— Ce soir, ça t'embête ?

— Non, pas du tout, j'ai une presque chambre d'amis.

— Oula, le « presque » me fait craindre le pire, mais j'aime le risque. Je fais juste un crochet chez moi pour prendre quelques affaires et c'est bon.

— OK parfait, mais je te préviens que je n'ai pas Internet.

— Pas possible ! Mais pourquoi ?

— Une longue histoire, je te la raconte en rentrant si tu veux.

Nous rentrons tous les deux dans la voiture de Jonathan. En rentrant dans le hall de mon immeuble, j'aperçois la porte de l'appartement de madame Miller qui s'entrouvre doucement et je vois son œil perçant dans l'embrasure qui nous observe.

— Bonsoir, madame Miller ! lui lancé-je joyeusement.

Elle referme la porte imperceptiblement et je monte jusqu'au 2e étage avec Jonathan. Outre sa mini-terrasse, j'ai aussi craqué pour cet appartement à cause de cette pièce trop petite pour être considérée comme une chambre selon les lois modernes de la République, mais que j'ai aménagée en bureau, et qui, grâce à un canapé-lit certes très inconfortable, mais non moins abordable, peut faire office de chambre d'amis. Parce que lorsque j'ai quitté ma ville natale, évidemment tout le monde m'a promis de venir me rendre visite. À les entendre, j'aurais du monde tous les week-ends. Pour l'instant, je n'ai pas eu l'ombre d'un visiteur, mais la chambre d'amis est prête. C'est là que j'installe Jonathan, ce qui nous permettra d'avoir quand même chacun notre intimité malgré la petitesse de l'appartement si jamais il n'a rien trouvé lorsque je reviendrai.

Il reste deux jours avant mon départ pour le Sud. J'ai hâte de partir et en même temps j'ai envie de rester parce que la vie que je me suis faite me plaît bien.

Chapitre 6

Alors que je m'apprête à aller prendre le petit déjeuner avec Frédéric qui est déjà debout depuis bien longtemps, mon téléphone annonce un appel de Jonathan.

— Salut, Jonathan, tout va bien ?

— Oui, oui, tout va bien, et toi ?

— Pour le mieux dans le meilleur des mondes.

— OK, cool. Je t'appelle parce qu'il y a un mec qui est venu sonner à la porte ce matin et qui m'a apporté un colis qu'il dit avoir réceptionné pour toi parce que le livreur s'est trompé de sonnette.

— Tu l'as ouvert ?

— Ben non, ça ne fait que 48 heures qu'on habite ensemble, je n'ai pas osé. Si tu veux commander des combinaisons en latex ou des sex toys, je n'ai pas à m'en mêler. Cela dit, vu le poids du truc, c'est plutôt de la cotte de mailles, ou une ceinture de chasteté… Peut-être un cadeau de ton mec !

— T'es con… Ouvre !

— OK, OK. Je déballe… je déballe. C'est bien emballé, dis donc. Attends, je vais chercher un couteau. Bon, ça y est. Alors là, tu ne vas pas le croire !

— Quoi ???????

— Un indice, ça vient de chez Bird Télécom.

— Sérieux ? Mais enfin ! Tu as raison, je n'y crois pas, depuis le temps. Mais qui c'est, ce voisin qui a mis des siècles avant de m'apporter mon colis ? Et puis de quel droit il l'a réceptionné à ma place ?

— Je n'en sais rien, tu verras ça à ton retour. Je vais essayer de t'installer tout ça et tu pourras surfer à ta guise en rentrant, si tout va bien. Tu rentres toujours le 2 janvier ?

— Oui, mon avion atterrit à 16 heures, normalement. Il ressemble à quoi, ce voisin ?

— Eh bien, la trentaine, pas repoussant du tout, tu verras par toi-même. Ça ne te gêne pas si je suis toujours dans les parages à ton retour ? En ce moment, c'est plutôt mort côté appartements à louer. Ne t'inquiète pas, je vais payer ma part de loyer et si ça t'emmerde, tu me le dis et je pars aussitôt. Au pire, j'irai dormir sur le canapé d'Agnès avec ses chats.

— Non, pas de souci. Par contre, si tu viens me chercher à l'aéroport, ça m'arrange bien.

— OK, je serai là comme un seul homme.

— Merci, c'est sympa.

Frédéric, qui est entré dans la chambre pendant les dernières secondes de cette conversation me demande à qui je parle. Je lui ai déjà parlé de Jonathan et je lui raconte l'histoire de la box que le voisin vient d'apporter.

Mon séjour avec Frédéric s'est bien passé, mais c'est toujours un peu difficile de retrouver quelqu'un qu'on n'a pas vu depuis un moment. On ne sait pas trop quoi raconter entre les trucs importants qu'on a vécus depuis qu'on ne s'est pas vus et les petits trucs sans importance qu'on a vécus récemment. On s'est parlé au téléphone souvent depuis que je suis partie et je lui ai raconté mon quotidien, mais le fait d'être loin physiquement rend vraiment les choses différentes. Par moments, j'ai l'impression que sans me le dire clairement il me reproche d'être partie. Et je sens très bien qu'il n'apprécie pas du tout que j'héberge Jonathan, même de façon provisoire. J'ai beau lui expliquer qu'il n'y a aucune ambiguïté entre nous, ça ne change rien. La séparation à l'aéroport est d'autant plus éprouvante qu'on sait tous les deux qu'on ne se reverra pas avant un long moment.

Jonathan m'attend devant l'arrivée des voyageurs et je suis contente qu'il soit là. C'est agréable d'être attendue. Lorsque nous rentrons à mon appartement, je retrouve tout en ordre et peut-être même plus en ordre qu'avant mon départ. Bon point pour mon nouveau coloc ! J'ai passé deux semaines de véritables vacances à profiter de chaque instant en compagnie de Frédéric et de nos proches, mais la dure réalité me rattrape et comme nous sommes la veille de la rentrée, je m'isole pendant quelque temps pour préparer mon retour au travail. J'ai dit à Jonathan que nous décongèlerions des plats surgelés pour le dîner. Ça me fait drôle d'avoir à discuter repas avec quelqu'un. Depuis que je suis en Bretagne, j'ai pris l'habitude de me débrouiller toute seule selon mes envies, mais bon, si nous devons partager l'appartement, autant le faire bien et Jonathan n'a pas l'air d'être désagréable comme colocataire.

Lorsque je sors de ma chambre vers 19 heures, je suis agréablement surprise. Une bouteille de vin, deux verres et des petits trucs à grignoter m'attendent. Nous prenons l'apéro en bavardant. Nous parlons essentiellement de l'école. Même si je meurs d'envie d'en savoir davantage, je ne veux pas le forcer à me parler de sa rupture avec Sophie et il évite soigneusement le sujet. Non seulement il a préparé l'apéro, mais je découvre un peu plus tard qu'il a également préparé le repas. De simples pâtes, mais délicieusement cuisinées aux girolles… C'est exquis. Si j'étais l'héroïne d'un roman de type « chick lit », Jonathan serait certainement mon meilleur ami gay. Je lui dis et ça le fait rigoler. Il faut bien admettre que nous nous entendons à merveille et que nous rions beaucoup ensemble, sans qu'il y ait d'ambiguïté : moi je suis déjà en couple et lui est en pleine rupture. Pour moi, l'humour est fondamental dans une relation et nous avons le même. Non seulement il me fait beaucoup rire, mais je le fais rire aussi, ce qui n'est pas courant. Bien souvent, les hommes qui ont de l'humour s'imaginent qu'ils sont les seuls à pouvoir être drôles et ne supportent pas qu'une femme leur vole la vedette. Jonathan n'est pas comme ça.

Le lendemain matin, nous partons ensemble pour l'école dans la voiture de Jonathan. Juste au moment où nous arrivons dans le hall, un homme en sort et Jonathan m'indique que c'est le fameux voisin qui a apporté ma box samedi. J'ai à peine le temps de voir sa silhouette s'éloigner, mais je crois reconnaître l'homme que j'avais vu sortir de l'immeuble le soir de la rentrée. Peut-être que de face je ne l'aurais pas reconnu parce que je ne l'ai jamais vu de face, mais de dos, ça lui ressemble.

Le soir, en rentrant, je décide d'aller à la rencontre de ce mystérieux voisin. Je sonne à la porte que m'a indiquée Jonathan et un homme vient m'ouvrir. Mi-trentaine, brun, yeux gris, taille moyenne. J'ai l'impression de l'avoir déjà vu quelque part, mais je n'arrive pas à me rappeler où jusqu'à ce qu'il sourie, et là je me rappelle, il ressemble à Javier Bardem ou Jeffrey Dean Morgan, enfin le genre bel acteur brun à fossettes, ce qui m'intimide un peu, car je n'ai pas grand-chose en commun avec Penelope Cruz. Mais je ne suis pas là pour draguer. Je me présente à lui et lui explique qu'il a réceptionné ma box, pour me situer.

— Oh, je suis vraiment désolé de ne pas vous l'avoir ramenée plus tôt, mais je n'ai pris possession de mon appartement qu'il y a peu de temps et j'avais reçu votre colis il y a plusieurs semaines au moment où j'étais venu juste déposer mes affaires, j'ai signé le récépissé sans regarder à qui il était destiné. En toute honnêteté, j'avais complètement oublié son existence et ce n'est que lorsque madame Miller m'a apporté le colis contenant ma propre box que je me suis souvenu de ce colis.

Je m'étais un peu promis de lui faire des reproches à propos de sa négligence et de lui demander pourquoi mon colis avait été livré chez lui, mais maintenant qu'il est en face de moi je n'ose plus trop, je ne sais pas quoi lui dire.

— Ah, mais ça n'a aucune importance, quelques semaines de plus ou de moins sans Internet, je ne suis pas accro… (*et payer un abonnement pour rien ne me dérange absolument pas non plus*). Bon, eh bien merci en tout cas de me l'avoir finalement ramenée.

— Mais je vous en prie.

— Alors merci encore et au revoir.

— Au revoir et mes salutations à votre mari.

— Mon mari ? Ah, Jonathan ? Nooooon, ce n'est qu'un collègue que j'héberge provisoirement.

— D'accord, eh bien dans ce cas, salutations à Jonathan, votre collègue que vous hébergez provisoirement.

Visiblement, il n'en a que faire de savoir qui est Jonathan, et qui pourrait le lui reprocher ?

— Je n'y manquerai pas, au revoir.

Au moment où je vais sortir, il me demande :

— On s'est déjà vus quelque part, non ?

— Je ne crois pas, je m'en rappellerais, je suis très physionomiste.

— Je dois confondre, alors. Bonne soirée.

— Merci, à vous aussi.

Je retourne chez moi et je me place devant le miroir en minaudant et essayant diverses poses et « *duck faces* » pour tenter de trouver une célébrité avec qui il a pu voir une ressemblance. Peut-être Penelope Cruz finalement avec un éclairage flatteur ? Non, impossible.

Chapitre 7

Deux semaines plus tard, un dimanche matin, Jonathan et moi sommes en train de dévorer une immense pile de pancakes copieusement arrosés de sirop d'érable. Il est en train de m'expliquer comment est fabriqué ce précieux nectar lorsqu'on sonne à la porte. Comme je suis encore en pyjama et que les vêtements que porte Jonathan, bien qu'excentriques, sont plus présentables qu'un pyjama, c'est lui qui va ouvrir.

— Bonjour, excusez-moi de vous déranger, j'ai dû me tromper de porte, je cherche Émilie.

— Ah, mais vous ne vous trompez pas, c'est bien ici, qui dois-je annoncer ? répond Jonathan comme s'il était mon majordome.

— Je suis Frédéric, je pense qu'elle se souviendra de moi.

J'ai un moment de panique. Certes, j'ai dit à Frédéric que j'hébergeais un collègue pendant quelque temps, mais je ne pense pas qu'il s'attendait à me trouver attablée avec lui en pyjama un dimanche matin. En même temps, je suis choquée qu'il débarque sans m'avoir prévenue de son arrivée, comme s'il me surveillait ou comme s'il cherchait à me surprendre en fâcheuse position. Après tout, nous ne faisons rien de mal.

— Frédéric, mon chéri ! Quelle surprise ! Mais tu aurais dû me prévenir de ton arrivée, je t'aurais réservé un accueil digne de ce nom !

— Oh, tu sais, ça s'est décidé à la dernière minute, j'ai dû me déplacer dans le coin pour mon travail. Je suis arrivé hier, mais je n'ai pas eu une minute à moi jusque tard hier soir et je n'ai pas voulu te réveiller. Alors je me suis dit que j'allais en profiter pour te faire une petite surprise. Ça ne t'embête pas, j'espère ?

— Pas du tout, mon amour, mais tu me connais, moi et les surprises, dis-je en pensant à la tonne de boulot en retard que je m'étais promis de rattraper cet après-midi.

Malgré tout l'amour que j'ai pour Frédéric, il y a un truc qui me dérange, c'est qu'il n'a jamais compris que je n'aime pas l'improvisation. J'aime avoir du temps pour me préparer, pour me faire à l'idée, et cela concerne tous les aspects de ma vie. Même s'il s'agit d'aller au cinéma, j'ai besoin de le savoir à l'avance. C'est idiot, peut-être, mais je suis comme ça et je ne pense pas que je pourrai changer. Alors, qu'il vienne me rendre visite me rend heureuse, certes, mais ce plaisir est quelque peu gâché par le fait que je n'ai pas eu la possibilité de me préparer à sa venue, sans compter le travail qui devra attendre. Je sens un léger malaise que j'attribue à l'intimité que Frédéric a pu constater entre Jonathan et moi.

— Je te présente Jonathan, dont je t'ai parlé, un collègue que j'héberge de façon provisoire.

— Bonjour, répond froidement Frédéric en lui tendant la main.

— Enchanté, Émilie m'a beaucoup parlé de vous, ment Jonathan.

Si j'ai mentionné l'existence de Frédéric à Jonathan, il est très exagéré de dire que je lui ai « beaucoup parlé » de lui. Non pas que j'aie refusé de lui en parler, mais comme lui-même refuse absolument de parler de Sophie, je n'ai pas spécialement eu envie de parler de Frédéric. Et puis on a suffisamment de sujets de conversation. En tout cas, je suis reconnaissante à Jonathan lorsqu'il nous annonce qu'il doit partir parce qu'il a rendez-vous avec un ami. Avec un peu de chance, Frédéric croira que Jonathan est gay et j'éviterai un interrogatoire qui ne dit pas son nom.

Je passe une journée agréable avec Frédéric. Nous déjeunons à l'appartement et faisons une petite sieste un peu coquine. Avant de partir visiter la ville, il va chercher son sac de voyage et en sort quelques photos encadrées, toutes nous représentant. Il les installe çà et là dans l'appartement. Je trouve son geste bizarre, comme s'il essayait de marquer son territoire. Je n'ose trop rien dire et nous sortons. Dehors, nous croisons Bernadette que je présente à Frédéric et nous allons tous les trois prendre un café au Da c'hortoz. Ils semblent s'entendre à merveille. Il faut dire qu'il est facile de s'entendre avec Bernadette, elle s'intéresse à plein de choses et a la conversation facile. Frédéric aussi est d'un abord facile. Même Élouan, le patron du café, se mêle à la conversation. L'après-midi passe à une vitesse folle et mon amoureux doit repartir le soir même. Nous nous disons au revoir sur le pas de ma porte en attendant l'arrivée de son taxi, puis je me retrouve seule dans mon appartement. J'ai toujours apprécié la solitude, mais ce soir, je ressens un vide. Je ne me suis pas retrouvée seule depuis un moment et ces dernières heures ont été intenses en émotions. Jonathan m'envoie un message pour me prévenir qu'il passe la soirée avec son pote. J'en profite pour surfer un peu sur Internet.

Je constate quelques demandes d'ajout Facebook de la part de collègues, que j'accepte. J'espionne un peu mes collègues, Agnès qui met des photos floues de ses chats accompagnées de légendes écrites à la première personne, comme si le ou les chats les avaient eux-mêmes rédigées, Cécile qui met des pensées bouddhistes alors que dans la vie elle méprise les gens différents et Caroline qui est mariée avec un avocat d'affaires très riche et qui met exclusivement des photos de leurs vacances dans des endroits paradisiaques. Je n'apprends pas grand-chose d'intéressant. Je constate que Frédéric a un nouveau contact, une certaine Félicie Rosière que je ne connais absolument pas et dont rien dans le profil ne me permet de la rapprocher logiquement de Frédéric. Je ne suis pas possessive à outrance, mais je suis intriguée par ce nouveau contact, surtout que selon sa photo de profil, elle est plutôt jolie. J'ai dit à tout le monde que j'avais confiance en notre amour, je ne vais pas commencer à devenir suspicieuse. Il ne m'en a pas parlé aujourd'hui, alors je présume que ce n'est pas quelqu'un d'important. Cela dit, si c'était quelqu'un d'important au sens où je l'entends, je doute fort qu'il m'en ait parlé. Je l'imagine mal me raconter qu'il a rencontré une fille qui le trouble, mais qu'il ne sait pas encore quel sens va prendre leur relation. On est amenés à rencontrer tellement de personnes dans nos vies, elle peut tout aussi bien être une nouvelle collègue qu'une ancienne camarade de lycée ou une cousine perdue de vue. N'empêche, je trouve qu'elle « aime » beaucoup trop de publications de Frédéric… Mais il est venu me rendre visite aujourd'hui, c'est donc qu'il tient à moi.

Je décide d'arrêter de perdre mon temps sur ce réseau social et j'abats une partie du travail que j'avais prévu faire dans l'après-midi avant de m'endormir. Je n'entends même pas Jonathan rentrer.

Vers 4 heures du matin, je me lève pour aller aux toilettes et me retrouve nez à nez avec une jeune femme uniquement vêtue d'un long t-shirt que je soupçonne appartenir à Jonathan, d'autant que malgré mon état de demi-sommeil, j'arrive à remarquer qu'il porte l'inscription « Festival international de Jazz de Montréal ». Mais, aucune trace de lui. Eh bien, il ne perd pas de temps, on ne peut pas dire que sa rupture le perturbe beaucoup ! Je n'ai aucune envie de faire la conversation à cette fille dont je ne sais absolument pas qui c'est. Jonathan l'ignore, mais c'est déjà un effort pour moi de l'accepter dans ma bulle et je n'ai pas l'intention d'accueillir en plus ses petites copines. Cette situation m'indispose, je décide de partir tôt pour l'école afin d'éviter de croiser Jonathan et/ou sa copine. Je m'arrête prendre un croissant au Café Da c'hortoz.

— Alors, comment va la petite demoiselle du Sud, ce matin ?

— Ça va, Élouan, je vous remercie.

Même si j'aime bien cet endroit, je suis très énervée de devoir m'enfuir de chez moi. Alors que je suis attablée en écoutant distraitement Élouan me raconter sa vie, je vois passer Bernadette et Louis qui se dirigent vers l'école. Je quitte le café et me joins à eux pour faire le trajet. Je raconte à Bernadette mon dimanche avec Frédéric, dont elle a été partiellement témoin, et, une fois que Louis est rentré dans la cour, ma rencontre nocturne.

— Je vais lui demander de partir, dis-je pour conclure.

— Et quelle raison vas-tu lui donner ?

— Je n'ai pas de raison à lui donner, je suis chez moi !

— Certes, mais tu lui as proposé de l'héberger, il va trouver ça bizarre que tu changes d'avis aussi rapidement, surtout que d'après ce que tu m'as dit, il est plutôt serviable comme colocataire. N'oublie pas de lui préciser si ce sont les repas qu'il te prépare tous les soirs ou le ménage qu'il fait une fois par semaine qui te gênent le plus.

— Ah, tu m'exaspères ! Je ne peux pas accepter qu'il ramène des filles chez moi et que je tombe nez à nez avec elles au milieu de la nuit. Tu peux comprendre ça, non ?

— Dans ce cas, tu n'as qu'à lui dire la véritable raison.

— Mais je ne peux pas lui dire ça, on n'est pas ensemble, il a le droit d'avoir une vie privée.

— Ah bon, vraiment ?

— J'en ai marre, Bernadette. Je fais ce que je veux chez moi et je n'ai pas de comptes à te rendre non plus.

Je lui tourne le dos et je me dirige vers l'école d'un pas énervé.

Ce jour-là, je suis de surveillance pour la sortie du soir avec Jonathan que j'ai soigneusement évité toute la journée. Je reste distante. Il vient me voir.

— Je ne t'ai pas vue ce matin, tu es partie vachement tôt.

— Écoute Jonathan, j'aimerais savoir où tu en es dans ta recherche d'appartement.

— Ah oui, eh bien je n'ai rien trouvé d'intéressant encore, mais si cela te pose problème, je vais trouver rapidement une solution.

— Oui, ça m'arrangerait, en fait. Je suis plutôt solitaire comme fille. Je n'ai jamais vécu en colocation et je crois bien que je ne suis pas faite pour ça.

— OK, je comprends, dit-il visiblement sans comprendre.

Chapitre 8

Une semaine après l'épisode « visite de Frédéric et rencontre nocturne avec une fille en t-shirt d'homme », Jonathan m'annonce enfin qu'il a trouvé un appart et qu'il part le lendemain. Je ne suis pas aussi soulagée que je croyais l'être. Pendant cette semaine, au début j'ai essayé de l'éviter, mais à moins de déménager, c'était compliqué. Il a continué à nous mitonner des petits repas, j'ai d'ailleurs fini par réaliser qu'il est végétarien. Ça ne m'a pas sauté aux yeux au début. Je ne suis pas spécialement carnivore, de sorte que ne pas manger de viande ne m'a absolument pas manqué, et je n'avais même pas remarqué que je n'en mangeais pas jusqu'à ce que je voie apparaître au menu du tofu et du quinoa, ces aliments qui caractérisent généralement l'alimentation des végétariens. Mais je n'ai pas parlé végétarisme avec Jonathan et il n'en a pas parlé non plus. À part ça, pendant cette dernière semaine, nous avons passé des soirées agréables à discuter. Il n'y a plus eu la moindre trace de jeune femme en t-shirt d'homme et ni lui ni moi n'avons abordé le sujet, ce qui fait que je ne sais absolument pas s'il sait que je sais pour la présence de cette fille dans mon appartement à 4 heures du matin. Aussi bien elle est partie très tôt et il a pensé que je n'en avais pas eu connaissance. Je me trouve un peu stupide d'avoir réagi comme je l'ai fait, j'ai fait une espèce de crise de possessivité complètement déplacée. Mais bon, c'est mon appartement, je suis déjà bien gentille de l'héberger, il ne doit pas en abuser non plus. Et qu'il aille vivre ailleurs ne devrait pas porter atteinte à notre amitié, au contraire, ça sera plus normal. Et puis, je ne pouvais pas faire plus plaisir à Frédéric qui ne voyait pas d'un très bon œil que je cohabite avec Jonathan. Je peux le comprendre, même si je sais qu'il n'avait rien à craindre.

Je reprends donc possession de mon espace avec plaisir, en tout cas le premier soir. Le lendemain, je m'aperçois que j'ai oublié de faire les courses et qu'il n'y a aucun plat surgelé dans mon congélateur. Je descends me chercher une portion de bœuf aux oignons chez le traiteur vietnamien du coin de la rue et en entrant je tombe sur Javier-Dean qui est accompagné de Léo ! Là, je ne comprends plus rien, que fait-il avec un élève de ma classe ? C'est Léo qui démêle la situation.

— Bonjour, maîtresse, je vous présente mon papa.

Ah oui, explication très plausible, j'aurais dû y penser !

— Bonjour, Léo, je connais déjà ton papa puisque nous sommes voisins, mais je ne savais pas que c'était ton papa.

— Le cupcake ! s'écrie Javier-Dean.

Je le regarde d'un air interrogateur, en me disant que s'il veut des cupcakes, ce n'est certainement pas dans ce restaurant asiatique qu'il en trouvera.

— Le marché de Noël de l'école de Léo ! C'est là que je vous avais vue. Et c'est vous qui êtes censée être physionomiste !

— Ah, oui, en effet, je dois avouer que sur ce coup-là, je ne l'ai pas trop été, vous m'en voyez désolée.

Je pense que le soir du marché de Noël j'étais tellement stressée par toute l'organisation qui, sans vouloir me donner une importance démesurée reposait entièrement sur moi, que je n'ai pas vraiment regardé l'homme qui accompagnait Léo. Et alors qu'il est là devant moi, je me dis que je devais vraiment avoir la tête ailleurs pour ne pas remarquer cet homme qui est, avouons-le, plutôt joli garçon.

Nous ressortons et retournons ensemble vers notre immeuble. Javier-Dean me propose de venir chez lui manger mon plat avec Léo et lui parce qu'il serait ravi de faire plus ample connaissance avec la maîtresse de son fils.

J'essaye de réfléchir pour savoir si la déontologie m'autorise ce genre de rencontre et je décide que oui. J'espère simplement que Léo et son père ne profiteront pas de la situation pour venir tous les soirs me demander des leçons particulières ou de l'aide aux devoirs.

— Je crois me souvenir que vous vous appelez Émilie et je ne me rappelle pas m'être présenté, je m'appelle Xavier Dubois, me dit-il en me tendant la main.

Sur le moment, je crois à une plaisanterie. Comment aurait-il pu savoir que je lui trouve une ressemblance avec Javier Bardem ? La ressemblance est-elle si grande que d'autres personnes la lui ont fait remarquer et qu'il en joue en me donnant un faux prénom ? Ce n'est pas possible, son fils aurait réagi. À moins que ce soit un truc entre eux. Je choisis de laisser couler. Si sa ressemblance avec l'acteur est connue, ça doit l'agacer qu'on lui en parle, à force. Et si personne ne lui en a encore parlé, il sera toujours temps de le mentionner à l'occasion.

Au fil de la conversation, je comprends que Léo n'habite pas avec son père et que celui-ci est souvent absent. Je suis agréablement surprise de constater que Léo, malgré son jeune âge est un interlocuteur très intéressant qui ne vole pas la vedette dans les conversations, mais qui participe presque comme le ferait un adulte. C'est seulement en rentrant chez moi après cette soirée très agréable que je réalise que la pimbêche qui est venue me menacer après l'incident Léo n'est nulle autre que l'ex de Xavier.

Chapitre 9

Je me rends à une soirée organisée pour célébrer le départ à la retraite d'une des enseignantes de l'école. Comment peut-on partir à la retraite en plein mois de février alors qu'on est enseignant ? Je n'ai pas encore assez d'expérience dans l'enseignement pour le dire, mais c'est un fait.

Celle qui part à la retraite, Michèle, est une femme plutôt marrante et la soirée est à son image. Bon, un départ à la retraite concerne forcément une personne d'un certain âge. Encore une fois, sans vouloir faire du jeunisme, il faut bien admettre que la soirée est un peu ringarde, ce que, pour ma part, je préfère de loin à une soirée coincée. Elle a lieu dans un restaurant qui fait karaoké. Je croyais que le karaoké était une activité qui se pratiquait entre adultes consentants, mais ce n'est pas tout à fait le cas ici, tout le monde doit monter sur scène de gré ou de force. Moi ça ne me dérange pas parce que j'aime bien pousser la chansonnette, si bien que je me retrouve à chanter « J'ai un problème » en duo avec Jonathan à la demande de plusieurs collègues. Toute mésentente entre lui et moi semble dissipée et nous profitons de ce moment de complicité retrouvée.

Quelques instants après notre duo, Jonathan reçoit un appel sur son téléphone et quitte précipitamment la salle.

Je me laisse emporter par une chenille endiablée et j'oublie Jonathan pour les prochaines minutes. Après une macarena, une lambada et un petit bonhomme en mousse, je décide de passer mon tour pour la chanson des sardines. Je suis en sueur et je sors prendre l'air. Je me retrouve devant l'entrée du restaurant et je vois sur le trottoir d'en face Jonathan adossé à un mur et une silhouette féminine qui s'agrippe à lui et semble le supplier de je ne sais quoi. Je pense immédiatement à la fille au t-shirt du Festival de jazz de Montréal et je me dis qu'il a dû lui faire un sacré effet pour qu'elle le relance de cette façon après une seule nuit passée ensemble. J'aurais peut-être dû profiter un peu plus de notre colocation… Bon, j'ai certainement abusé des mojitos pour avoir une telle pensée ! Oui, contre toute attente, la soirée n'a pas été vintage au point qu'on nous serve des *Cuba libre* ou je ne sais quelle boisson en vogue à l'époque de la jeunesse de Michèle, nous avons eu droit à des mojitos bien ancrés dans leur époque. Toute considération cocktailienne mise à part, il faut bien admettre que tous ces kilomètres entre Frédéric et moi ne sont pas toujours faciles à vivre. Il me manque. Puis je reviens à Jonathan et je réalise que je ne sais pas grand-chose de sa vie sentimentale. Peut-être que l'histoire avec cette fille est ancienne et a été réanimée à la suite de la séparation de Jonathan, peut-être qu'il s'agissait de Sophie, son ex, peut-être que ci, peut-être que ça… Je ne sais rien.

Je retourne à l'intérieur du restaurant et commande un Perrier pour calmer un peu l'emportement qui s'est soudainement emparé de moi. Quelques instants plus tard, je vois Jonathan revenir. Il se dirige vers moi avec un large sourire et nous discutons comme si rien ne s'était passé. Il ne sait sans doute pas que je l'ai vu avec cette fille et je n'arrive pas à aborder le sujet avec lui, pas plus aujourd'hui que lors de toutes les soirées que nous avons passées ensemble pendant notre brève colocation.

La soirée tire à sa fin et Jonathan propose de me ramener chez moi. J'accepte d'autant plus volontiers que la collègue qui m'a amenée est déjà partie depuis un moment.

Juste comme nous arrivons devant mon immeuble, je vois arriver Xavier au bout de la rue. J'explique à Jonathan que l'homme à la box est en fait le père de Léo, qui est dans ma classe, et que j'ai passé une soirée très sympa avec eux il y a quelque temps.

— Oh, super ! Bon, eh bien je te souhaite une bonne nuit.

— Bonne nuit à toi aussi et merci de m'avoir raccompagnée.

Nous nous faisons la bise, je descends de la voiture et j'arrive devant la porte de l'immeuble en même temps que Xavier.

— Bonsoir, Émilie, vous avez passé une bonne soirée ?

— Une excellente soirée, j'ai fait un karaoké, une chenille et une macarena !

— Oh, difficile de faire mieux. Tout ce que je pourrais vous proposer après ça serait certainement sans intérêt.

— Eh bien, pas forcément, ça dépend, dis-je, à peine consciente du fait que le Perrier n'a pas complètement effacé les effets des mojitos.

— Je n'avais rien en tête d'extraordinaire, juste un dernier verre, voire… une tisane.

— Ce serait avec plaisir, réponds-je sans préciser mon choix de boisson.

Une fois chez Xavier, j'ai la sagesse de choisir la tisane, mais il n'a à me proposer qu'une infusion « sommeil profond » qui ne tarde pas à faire son effet, si bien que pendant qu'il s'absente quelques minutes pour aller chercher un livre dont il vient de me parler, je m'endors sur son canapé.

Je me réveille le lendemain matin, encore habillée, mais recouverte d'un plaid. Je regarde le plafond sans comprendre, puis à droite et à gauche et mon regard tombe sur Xavier qui est déjà en train de boire un café attablé à l'îlot de sa cuisine, juste en face du salon où je suis installée.

— Bonjour, dis-je en sautant du canapé, encore ensommeillée.

— Bonjour, Émilie, vous avez passé une bonne nuit ?

— Je suis vraiment désolée de m'être endormie sur votre canapé. Je crois que j'ai un peu abusé des mojitos lors de la soirée en l'honneur du départ à la retraite de ma collègue.

— Pas de souci, ça peut arriver à tout le monde. Peut-être que la tisane « sommeil profond » n'a pas arrangé les choses non plus. Mais vous pouvez revenir prendre une tisane quand vous voulez. Et même un café, si c'est le matin comme maintenant.

Je suis affreusement gênée de me retrouver là. D'habitude, quand on se réveille chez un homme le matin, c'est parce qu'on a passé la nuit avec lui et même si ça peut parfois être gênant suivant la façon dont la nuit s'est déroulée et la suite qu'on envisage ou non, on a au moins une raison de se retrouver là. Dans le cas présent, rien de tel. Je suis juste venue prendre une tisane et je me suis bêtement endormie sur son canapé. Il doit me prendre pour une poivrote. Je sais que je n'avais pas bu au point d'avoir une attitude déplacée, mais j'étais vraiment très fatiguée et je suis très réceptive aux tisanes endormissantes. Oui, je sais, c'est ridicule, mais c'est comme ça. Dans mon cas, pour peu que j'aie l'esprit tranquille et pas trop de soucis en tête, nul besoin de somnifère, une simple tisane suffit. Mais bon, ce qui est fait est fait, je ne vais tout de même pas me confondre en excuses pour le reste de mes jours, d'autant que je n'ai rien commis de grave, ce qui, avouons-le, aurait bien pu se produire avec un petit coup dans le nez en présence du sosie de Javier Bardem.

Je prends congé timidement. Cet homme me rend nerveuse. À chaque fois que je suis en sa présence, je me sens ridicule, sauf quand je me suis enfilé quelques mojitos juste avant.

Quand je rentre chez moi, il est plus de 9 h 30. Frédéric me téléphone un peu plus tard et me demande si j'ai passé une bonne soirée et une bonne nuit. J'ai l'impression de lui mentir en lui répondant oui. Impossible de lui dire que j'ai passé la nuit sur le canapé de mon voisin. Mais mon malaise se dissipe au fil de la conversation qui tourne essentiellement autour de l'aspect ringard de la soirée.

Chapitre 10

Le lendemain, j'ai rendez-vous avec Bernadette qui m'a demandé de venir lui donner un coup de main pour tenir un stand dans une exposition d'artisanat. Nous nous installons à la table qui lui a été attribuée et nous déballons la marchandise. Il s'agit de sacs et de pochettes que Bernadette fabrique dans des tissus colorés. Je trouve ça très joli et je ne suis pas la seule, ça se bouscule à son stand et les ventes vont bon train. Il faut dire qu'en plus d'avoir une marchandise de qualité, Bernadette pratique des prix plus que raisonnables, ce qui contribue à la popularité. Au bout d'un moment, il y a une accalmie.

— Tu veux que j'aille nous chercher un thé ? lui proposé-je.

— Excellente idée, merci.

Je déambule dans le hall d'exposition en jetant un coup d'œil sur les œuvres des autres exposants. Il y a à boire et à manger, mais certaines choses sont plutôt jolies. Je suis très attirée par la poterie et je me laisse tenter par des bols à café. Je remarque qu'on retrouve beaucoup de tricot. Je commande nos thés et retourne vers le stand de Bernadette. Lorsque je m'approche, je constate qu'elle est en grande conversation avec une jeune femme qu'il me semble reconnaître, mais lorsque j'arrive, elle est en train de partir après avoir dit au revoir à Bernadette.

— Qui c'était ? demandé-je à Bernadette.

— Je n'en ai aucune idée, elle m'a pris un grand sac avec des papillons et semblait avoir envie de parler.

— Et vous avez parlé de quoi ?

— De la vie et de la couture…

— J'ai l'impression de l'avoir déjà vue quelque part, mais je n'arrive pas à savoir où.

— Oh tu sais, notre ville n'est pas bien grande, on finit toujours par tomber sur les mêmes têtes. Et puis avec ton travail, tu vois beaucoup de monde, tu ne peux pas te rappeler de tout le monde.

— Je vois surtout mes élèves tous les jours et les parents qui viennent les chercher. En général, je suis physionomiste, mais pas toujours, dis-je en souriant.

Je lui raconte l'histoire de mon voisin sosie de Javier Bardem. À ma grande surprise, elle situe tout de suite Javier Bardem.

— Il n'est pas mal ce voisin, alors ? Et Frédéric, tu vas le voir bientôt ?

— Qu'est-ce que tu insinues par là ? Mon voisin c'est mon voisin et Frédéric c'est Frédéric, ça n'a rien à voir !

— Je n'en ai jamais douté, ma chérie. Je sais que ce sont deux hommes parfaitement distincts, dit-elle d'un air malicieux.

Je lève les yeux au ciel.

— Bon, maintenant que je crois que l'interrogatoire concernant ma vie sentimentale est terminé, je suis désolée, mais je dois t'abandonner à tes sacs, Jonathan vient me chercher parce que nous devons travailler sur la préparation de la classe verte.

— Ah oui, il y a aussi Jonathan… ajoute-t-elle.

— Mais enfin, Bernadette ! Je te croyais plus ouverte d'esprit, j'ai quand même le droit d'adresser la parole à des hommes sans qu'il se passe forcément quelque chose avec eux ! Tu es pire que mon petit ami ! Jonathan n'est qu'un collègue que j'ai hébergé provisoirement, d'ailleurs il s'est trouvé un appartement. Il est adorable, mais ça ne va pas plus loin. Et puis, soit dit entre nous, comment veux-tu qu'il se passe quelque chose avec quelqu'un qui a un look aussi improbable ? Comme je lui ai déjà fait remarquer, si j'étais l'héroïne d'une romance, il serait mon meilleur ami gay.

— Sauf qu'il n'est pas gay.

— Ça tombe bien, je ne suis pas l'héroïne d'un livre.

— Donc, la comparaison est complètement boiteuse. Et je ne te savais pas superficielle au point de juger quelqu'un uniquement sur sa façon de s'habiller ! Tu sais, quand un homme et une femme se plaisent, il arrive un moment où les vêtements deviennent superflus.

Là, il m'apparaît clairement que je n'assume pas bien la liberté que m'offre ce poste loin de ma famille et que si je me suis liée d'amitié avec Bernadette, c'est inconsciemment pour m'embarrasser de quelqu'un qui me fait la morale comme ma mère le ferait, voire encore plus que ma mère le ferait, puisque celle-ci ne se permettrait pas de faire la moindre allusion au fait que je puisse avoir une vie sexuelle. Mais on dirait vraiment que j'ai cherché quelqu'un qui tente de me faire réfléchir sur mes choix. Il suffit d'ailleurs de se rappeler de la façon dont nous nous sommes connues, Bernadette et moi. J'avais oublié mon sac de sport et elle m'a sauvé la mise pour le cours de Pilates, comme une mère qui rattrape les bêtises de sa fille.

Heureusement, Jonathan arrive à ce moment-là, il échange quelques mots avec Bernadette et nous partons tous les deux. En sortant, nous croisons la jeune femme qui parlait à Bernadette quelques minutes plus tôt. Jonathan et elle se regardent et se saluent.

— Qui est-ce ? lui demandé-je.

— Sophie, me répond-il, sur un ton qui signifie « fin de la discussion ».

Je n'arrive pas à me rappeler s'il s'agit de la femme que j'ai vue s'agripper à Jonathan le soir du départ à la retraite de Michèle.

Nous nous retrouvons chez moi pour planifier la classe verte que nous avons décidé d'organiser à la fin de l'année.

Nous travaillons quelques heures, dans la bonne humeur. Ce garçon est incroyable ! Peu importe ce qu'il fait, il trouve toujours le moyen de rendre ça agréable. Ce n'est pas que la préparation d'une classe verte soit pénible, mais ça reste du travail et ce n'est pas non plus de la franche rigolade.

Vers 18 heures, on sonne à la porte. Je vais ouvrir, c'est Xavier.

— Bonsoir, Émilie, alors, tu as réussi à tenir toute la journée sans te rendormir ?

Je ne me rappelle plus si on a commencé à se tutoyer avant ou après mon séjour sur son canapé.

— Oui, oui, sans problème, dis-je gênée par la présence de Jonathan dans la pièce à côté et de ce qu'il doit interpréter des paroles de Xavier.

— Je passais juste pour te proposer de venir prendre l'apéro avec moi ce soir si le cœur t'en dit, nous pourrions poursuivre la conversation d'hier soir qui a été quelque peu interrompue.

— Eh bien, je dois encore travailler avec Jonathan, tu sais, mon collègue que j'avais hébergé provisoirement ? Mais après, pourquoi pas !

— Parfait, on dit vers 19 h 30 ?

— OK, j'y serai.

Je referme la porte derrière lui et retourne avec Jonathan qui semble affairé au point de ne pas avoir entendu notre conversation. En tout cas, il fait comme si elle n'avait jamais eu lieu. Il me présente des devis de sociétés d'autocar et nous continuons l'organisation de notre classe verte.

Vers 19 heures, nous nous arrêtons.

— Tu veux qu'on mange ensemble, ce soir ? me demande-t-il. Je t'invite chez moi. Tu n'as encore jamais visité mon splendide studio meublé.

— Eh bien, ça aurait été avec plaisir, mais je suis attendue.

— Ah OK, pas de souci. On se voit à l'école demain, dit-il en refermant une pochette étiquetée « classe verte ».

Après avoir parlé au téléphone avec Frédéric, mais sans lui dire que je vais prendre l'apéro chez mon voisin, je sonne chez Xavier à 19 h 30 précises avec quelques trucs à grignoter. Il me fait entrer et nous prenons l'apéro comme prévu. Nous parlons de Léo, il me raconte en quelques mots son histoire avec Alexandra (mademoiselle Thibault), la mère de son fils : une passion folle, mais une incompatibilité de caractères découverte assez rapidement, hélas après la conception de Léo qui était un incident de parcours. Ni lui ni elle n'avaient le temps nécessaire à consacrer à un enfant, les carrières avant tout. L'enfant a tout de même bénéficié des soins des meilleures nounous et semble plutôt équilibré. Ce n'est que depuis cette année que les deux parents ont réussi à habiter la même ville, auparavant Léo ne voyait que rarement son père.

Au fil de la conversation, je le sens s'approcher de plus en plus de moi. Il ne joue pas franc jeu genre « je vais te coincer, ma petite », mais sa jambe touche légèrement la mienne, il s'approche de moi lorsqu'il a un éclat de rire, dans un mouvement qui semble naturel. J'oscille entre l'envie de m'éloigner parce qu'après tout je suis en couple, et celle de profiter du moment parce qu'il n'y a rien de déplacé dans son attitude. Juste de petits signaux qu'aussi bien j'invente parce que je suis en manque et un peu sous le charme de cet homme séduisant. J'ai toujours eu un faible pour les fossettes… Lorsque je le remercie pour son accueil avant de retourner chez moi, j'ai l'impression qu'il est un peu trop insistant quand il me fait la bise, mais c'est peut-être l'effet de l'apéro qui modifie mes perceptions. Quoi qu'il en soit, l'arrivée d'un SMS de Frédéric me remet tout de suite les idées en place.

Chapitre 11

En arrivant à l'école ce matin-là, à peine ai-je posé le pied dans la cour que ma directrice vient me voir.

— Émilie, tu es convoquée par le rectorat.

— Quoi ? Mais pourquoi ?

— Pour l'histoire de Léo. Les parents ont déposé une plainte auprès du rectorat.

— Les DEUX parents ? demandé-je en pensant à Xavier qui fait le joli cœur en face et me plante un couteau dans le dos.

— Je ne connais pas les détails et je pense que ça n'a pas vraiment d'importance que les deux parents ou un seul des deux aient porté plainte.

— Oui, bien sûr, ça n'a pas d'importance, dis-je en bouillonnant intérieurement.

— Un représentant du rectorat viendra te rencontrer dans nos locaux jeudi matin.

Je me précipite vers Jonathan pour lui faire part de la nouvelle. Il ne semble pas outre mesure bouleversé.

— Oui, c'est assez classique comme procédure. Si les parents ont porté plainte, ils sont obligés d'enquêter. Mais quand ils verront que tu t'occupes bien de tes élèves et que tu n'es pas un danger pour eux, ils devraient te laisser tranquille.

— Non, mais tu te rends compte ? Les parents de Léo, ça veut dire Xavier ! Xavier avec qui je prenais l'apéro pas plus tard qu'hier soir et qui ne m'a parlé de rien !

— Ah, c'était avec lui ton rendez-vous d'hier ? dit-il, un peu crispé. La plainte n'émane pas forcément des deux parents, c'est peut-être seulement la mère, ajoute-t-il sans grande conviction.

Je n'ose pas insister et lui expliquer pourquoi je tiens tant à savoir si Xavier est signataire de la plainte ou pas. De toute façon, je crois qu'il a deviné. Mais deviné quoi, au juste ? Xavier n'est qu'un voisin avec qui j'ai des relations cordiales de voisinage et sur le canapé duquel je m'endors à l'occasion !

Je passe le reste de la journée à ressasser cette histoire dans ma tête. Inutile d'en reparler avec Jonathan, ça semble lui être complètement égal.

Ce soir-là, je m'arrête chez Interfour pour faire quelques courses et en sortant, j'aperçois Xavier et « mademoiselle Thibault » qui discutent sur le trottoir d'en face. Aucun des deux n'a l'air énervé, ils semblent avoir une conversation tout ce qu'il y a de plus normale. Je les imagine en train de comploter contre moi et ça me rend folle. Mais comment a-t-il pu être aussi mesquin ? Je rentre chez moi en ignorant le regard que Xavier porte sur moi et je téléphone à Frédéric pour lui raconter cette histoire en espérant qu'il réussisse à me calmer comme il a le pouvoir de le faire.

— Bonsoir, ma chérie, tu vas bien ?

— Bonsoir mon amour. Eh bien plus ou moins bien, en fait.

— Que se passe-t-il ? me demande Frédéric.

— Eh bien, tu te rappelles lorsqu'un de mes élèves s'était endormi au zoo et que la mère était venue me voir pour me menacer ?

— Oui, tu me l'avais raconté.

— Je t'ai dit aussi que le père du petit est mon voisin ?

— Oui, oui.

— Eh bien, ce matin j'ai appris que les parents avaient demandé au rectorat d'enquêter sur moi et que je suis convoquée dans le cadre de cette enquête.

— Ah, c'est nul, ça !

— Quel salaud, ce voisin !

— En effet, ce n'est pas très sympa de sa part.

— Pas très sympa de sa part ? Mais c'est une trahison, tu veux dire !

— Enfin, n'exagérons rien, ce n'est que ton voisin, ça ne crée pas forcément un lien d'amitié. Il y a un lien d'amitié ?

Je me rends compte que dans mon énervement, j'ai un peu oublié que Frédéric risque de ne pas comprendre pourquoi je prends aussi mal la « trahison » de Xavier, exactement comme Jonathan.

— Non, non, bien sûr que non, je le connais à peine. Bon, oublie ça, on verra bien comment ça va se terminer, je n'ai quand même pas commis un crime.

— Absolument pas, ma chérie. Tu es une super maîtresse et je suis certain que les inspecteurs du rectorat vont vite s'en apercevoir.

— Tu es si gentil, mon amour et tu me manques tellement.

Je lui dis au revoir, mais je me sens un peu mal à l'aise de ne pas avoir pu lui dire toute la vérité. J'ai envie d'appeler Bernadette, mais je crains qu'elle me fasse la morale. Je n'ai donc personne à qui parler franchement de ce que je ressens ? Ce constat me trouble. Ce n'est pas dans mes habitudes d'avoir une vie compliquée et faite de cachotteries. Ma vie commence à ne plus me ressembler.

Je vais jeter un coup d'œil sur Facebook. Il y a toujours cette Félicie qui « like » absolument tout ce que met Frédéric et ça commence à me gonfler. Mais elle ne se contente pas d'aimer, sous la nouvelle photo de profil qu'il vient de mettre, elle a écrit : « Souvenir, souvenir… » Mais qu'est-ce que ça veut dire ? Je ne connais pas cette photo et je n'ai aucune idée d'où et quand elle a été prise. Pourquoi ne m'a-t-il pas parlé de cette fille ? Qu'est-ce que je dois faire ? Lui poser directement la question ? Oui, je crois que c'est le mieux. Je lui envoie un texto, d'abord un petit message d'introduction :

« Merci encore, mon amour, de m'avoir remonté le moral ce soir. »

Mais il ne me répond pas, ce qui m'exaspère encore plus. Je décide d'aller prendre un peu l'air sur ma mini-terrasse. Il fait trop froid pour m'y installer, mais je veux juste me rafraîchir un peu les idées. J'y suis depuis quelques minutes lorsque je vois Xavier sortir de l'immeuble avec une valise. Il doit partir en déplacement pour son travail, il m'a dit que ça lui arrivait souvent. Bon débarras !

Je rentre me mettre au lit et je suis réveillée pendant la nuit par un message de Frédéric :

« Mais c'est normal, ma chérie. Dors bien. »

Il est 3 heures du matin, je ne réponds pas.

Chapitre 12

Le jeudi matin, je me rends à l'école non sans une certaine nervosité dans la perspective de la rencontre avec le représentant du rectorat. Je me rends dans ma classe comme d'habitude, mais j'ai du mal à me concentrer parce que j'attends qu'on vienne me chercher. On ne m'a même pas donné une heure de rendez-vous, je dois attendre le bon vouloir du fameux inspecteur. À 9 h 58, soit deux minutes avant la récréation, Delphine frappe à la porte de ma classe et me demande si j'aurais l'obligeance de venir dans son bureau. Je fais sortir les enfants dans la cour et me rends dans son bureau. Heureusement, l'inspectrice n'a pas pris place dans le fauteuil de la directrice, mais à une petite table de conférences située dans un coin de la pièce, ce qui rend la rencontre moins juridictionnelle. En revanche, le visage de l'inspectrice ne m'est pas inconnu, mais même si je suis physionomiste, je n'arrive pas à me rappeler où je l'ai vue. Elle est brune, mince, de taille moyenne, jolie, la trentaine. Rien de bien particulier. Il faut dire que je suis dans une nouvelle ville depuis quelques mois seulement, ce n'est pas évident de situer tout le monde. J'ai un peu perdu mes repères.

Elle a une attitude froide et distante, professionnelle. Je ne m'attendais certes pas à de la franche camaraderie, mais disons à un peu plus de neutralité. J'ai l'impression d'être déjà condamnée. Il n'y a pas eu mort d'enfant, quand même ! Elle me résume les faits qui me sont reprochés et me demande de lui donner ma version. Je répète une énième fois mon histoire pendant qu'elle prend consciencieusement des notes. J'invoque comme circonstances atténuantes le fait qu'il s'est passé très peu de temps entre le moment où nous avons quitté le lieu de piquenique et celui où nous sommes montés dans le bus. J'ai même le culot d'ajouter que ce qui est arrivé s'est avéré plutôt positif pour Léo puisque les autres élèves de la classe semblent avoir pris connaissance de son existence, ce qui n'était pas le cas avant l'incident.

— Je vais poursuivre mon enquête. Celle-ci autorise notamment à nous présenter, moi ou un de mes collègues, sur votre lieu de travail sans préavis et à vous observer pendant vos heures de travail sans vous faire part de notre présence, et ce pendant une durée de 45 jours. Par la suite, le comité se réunira pour statuer sur votre cas et vous recevrez un courrier qui vous indiquera l'éventuelle sanction prise contre vous et si le rectorat donne son aval à votre participation à la classe verte prévue pour la fin de l'année.

— Quoi ? Mais j'ai monté ce projet de bout en bout ! Avec l'aide d'un collègue certes, mais je suis à l'origine de ce projet. J'ai dépensé beaucoup de temps et d'énergie à d'abord faire accepter l'idée et ensuite la concrétiser. Il n'y avait pas eu de classe verte dans cette école depuis 8 ans, alors inutile de vous dire qu'il fallait partir de zéro. Et vous me dites que je ne serai peut-être pas autorisée à partir ? Mais c'est impossible !

— J'en ai bien peur, malheureusement. Vous comprendrez que la sécurité des enfants de l'académie est un point sur lequel le rectorat ne peut se permettre le moindre laxisme.

— Mais enfin, il est évident que les enfants ne sont pas en danger avec moi ! Sans compter que sur place il y a un encadrement. Imaginons que je veuille tous les assassiner un à un, je pense que le personnel du centre ne me laisserait pas faire !

— Je vous remercie d'avoir bien voulu coopérer, mademoiselle Caron et croyez bien que je suis sincèrement désolée de la situation dans laquelle vous vous retrouvez, surtout si tôt dans votre carrière, j'espère que cela ne vous portera pas préjudice pour la suite.

Elle prononce des mots qui sont en apparence réconfortants, mais son ton laisse à penser qu'elle ne s'opposerait pas à l'idée que je perde à jamais le droit de me retrouver à moins de 5 kilomètres d'un quelconque enfant.

Je suis sidérée. Je la vois sortir du bureau, mais je reste là à fixer le mur. Je me demande si je n'ai pas un peu saboté ma défense, vers la fin… Autant lui proposer de donner des cailloux aux enfants pour qu'ils retrouvent leur chemin au cas où je les oublierais dans la forêt.

Au bout de quelques minutes, Delphine revient dans son bureau.

— Alors, comment ça s'est passé ?

— Je n'en sais rien. Elle menace de m'empêcher de partir en classe verte.

— Pourquoi tu lui as parlé du projet de classe verte ?

— Je ne lui en ai pas parlé, elle était déjà au courant.

— Mais comment a-t-elle pu le savoir ?

— Je n'en sais rien. Tu ne les as pas prévenus ?

— Non ! Attends une minute, comment elle s'appelle, déjà, cette inspectrice ?

— Je n'ai pas retenu son nom, Suzie quelque chose.

— Suzie, tu es certaine ? dit-elle en farfouillant dans ses dossiers.

— Oui, enfin je crois. Je suis physionomiste, mais je n'ai pas la mémoire des noms.

— Ça ne serait pas plutôt Sophie ?

— Peut-être. Sincèrement, je n'ai pas fait attention.

— Mais oui, c'est sûr, c'est Sophie Lamarre, l'ex de Jonathan !

— Qu'est-ce que l'ex de Jonathan vient faire dans cette histoire.

— L'ex de Jonathan travaille pour le rectorat. Je ne l'avais jamais rencontrée, mais je sais qu'elle s'appelle Sophie Lamarre et suis certaine que c'est elle.

Je me demande où je suis tombée. Suis-je sans le savoir dans une production cinématographique à petit budget où le nombre de comédiens est limité et par conséquent le nombre de personnages aussi ? Je vis dans une ville, pas dans un bled paumé, comment se fait-il que ce soit précisément l'ex de Jonathan qui soit chargée de la plainte déposée contre moi ? C'est incroyable. Que va-t-il se passer ensuite ? Je vais apprendre que madame Miller est en fait la mère de ma directrice ? Que Louis est le fils caché du traiteur vietnamien en face de chez moi ?

— Mais pourquoi elle voudrait m'empêcher de partir en classe verte ?

— Je ne sais pas, peut-être qu'elle cherche à embêter Jonathan qui doit partir avec toi.

Elle quitte son bureau et je fais de même pour aller retrouver mes élèves. Je ne vois pas trop ce que le fait que l'inspectrice soit l'ex de Jonathan vient faire dans cette histoire. S'ils avaient été encore ensemble, on aurait pu espérer qu'il plaide ma cause auprès d'elle, mais ils ne le sont plus et d'après ce que j'ai pu constater ils ne semblent pas en très bons termes, alors ça n'a aucun intérêt pour moi.

En rentrant chez moi, je n'ai pas envie de raconter ça à Frédéric. C'est trop tordu comme histoire. Mais comme il sait que je devais rencontrer l'inspectrice aujourd'hui, je suis bien obligée de lui faire un compte rendu. Je choisis de lui fournir une version édulcorée dans laquelle il n'est pas question de Jonathan et de son ex. Je lui dis simplement que je me suis défendue du mieux que j'ai pu, que l'enquête suit son cours et qu'il est possible que je sois espionnée pendant mon travail. Il compatit et me dit qu'il est certain que tout va bien se terminer. J'aimerais bien en être aussi sûre. Obnubilée par cette histoire, j'en oublie de lui demander qui est cette Félicie. Je lui dis au revoir et décide d'aller m'abrutir devant la télé pour ne plus penser à rien. Si la stratégie fonctionne pour quelques heures, elle n'est plus du tout efficace lorsque vient le moment de dormir. Malgré la tisane avalée avant, je passe une nuit horrible à ressasser cet entretien avec la représentante du rectorat.

Chapitre 13

Au cours du week-end suivant, je croise Xavier dans le couloir de l'immeuble. J'hésite entre faire comme si je ne l'avais pas vu, lui hurler au visage ma façon de penser ou essayer d'y voir plus clair en l'interrogeant. Je choisis la dernière option. Je fonce droit vers lui, ce qui le surprend et transforme son sourire en air interrogateur.

— Bonjour, Xavier, je peux te voir quelques minutes ? lui demandé-je sur un ton glacial.

— Bien sûr, avec plaisir, répond-il en faisant mine d'ignorer le ton que j'ai employé. Chez toi ou chez moi ?

— Comme tu veux, ça m'est égal.

— OK, on va chez moi.

Une fois chez lui, j'entre tout de suite dans le vif du sujet.

— Sais-tu que je fais l'objet d'une enquête du rectorat ?

— Ah non, je ne savais pas, tu ne m'en as pas parlé. Que s'est-il passé ?

Je scrute son visage pour tenter de déceler des indices de mensonge, un certain malaise, quelques gouttes de sueur, un regard qui fuit, un léger tremblement… Mais il semble tout à fait normal.

— Il s'est passé qu'il y a eu une plainte émanant des parents de Léo suite à l'incident survenu lors de la visite au zoo.

— Les parents de Léo ?

— Oui !

— Émilie, je peux t'assurer que je n'ai déposé aucune sorte de plainte que ce soit, ni auprès du rectorat ni auprès d'aucune autre instance. Enfin, tu me vois faire ça ? Déjà c'est inimaginable et ensuite, si j'en avais eu l'intention, tu penses bien que je t'en aurais parlé avant, je t'aurais demandé des explications. Ou alors j'aurais arrêté de te fréquenter. On ne se connaît pas beaucoup, mais ce n'est pas du tout mon genre. On a déjà parlé de cette histoire qui pour moi est ancienne. À partir du moment où Léo m'a dit qu'il n'avait pas eu peur et que cette histoire n'était pas grave, je n'y ai carrément plus pensé. Si j'avais estimé que ton attitude était condamnable, jamais je ne me serais lié d'amitié avec toi.

Je décide de le croire, il a l'air sincère et je note au passage qu'il estime que nous sommes des amis. Je lui raconte la rencontre avec l'inspectrice et les soupçons de Delphine concernant son identité… Nous passons le reste de la soirée ensemble et l'atmosphère finit par se détendre.

Je suis régulièrement rappelée à l'ordre par des messages de Frédéric. Je lui réponds, mais au bout d'un moment je lui dis que je suis au resto avec Bernadette. Il me demande un selfie. Ça ne me plaît pas, pourquoi veut-il un selfie ? Il ne me croit pas ? En même temps, il a raison de douter puisque je ne suis pas au resto avec Bernadette. Je regarde rapidement dans ma galerie de photos et en trouve une de Bernadette et moi qui peut faire l'affaire. Je lui envoie en lui souhaitant une bonne soirée.

Pourquoi lui mentir ? Parce que je sais que si je lui dis que je suis chez mon voisin Xavier, d'une part ça ne lui plaira pas, et d'autre part il me demandera des explications sur son implication dans la plainte au rectorat, ce qui est entièrement ma faute puisque c'est moi qui lui en ai parlé. Et je sais qu'il sera sceptique si je lui dis que Xavier m'a affirmé n'y être pour rien. Il me trouvera naïve de le croire sur parole. Naïve, c'est vrai que je le suis et Frédéric me le répète souvent. N'étant moi-même ni calculatrice, ni manipulatrice, ni malhonnête, je n'ai pas tendance à penser que les autres puissent l'être. Je sais bien que lorsque je dis ça, bien des gens trouvent ça prétentieux : « Oh la la, mais bien sûr, toi tu es parfaite. » Il n'empêche que c'est la stricte vérité et franchement, si je pouvais avoir un peu plus de malice en moi, je la prendrais volontiers parce qu'on a beau croire au karma et penser que ceux qui agissent mal finiront par le payer, en attendant, être trop gentille est plutôt un handicap qu'autre chose. Le mot gentil est même devenu une insulte, c'est dire !

Nous finissons donc la soirée ensemble après avoir mangé des plats indiens surgelés. Il est aussi adepte que moi de plats surgelés, ou aussi flemmard pour cuisiner. Je rentre chez moi heureuse d'avoir passé une soirée en bonne compagnie et d'avoir pour quelques instants oublié mes soucis.

Une fois dans mon appartement je me connecte sur Facebook. J'ai quelques notifications que je vais voir, dont une émanant d'une collègue qui m'a identifiée sur des photos. Il s'agit de photos de la soirée karaoké pour le départ à la retraite de Michèle. Je suis choquée de voir les photos qu'elle a publiées ! Bon, celles où je fais la chenille, passe toujours, mais celle de notre duo « J'ai un problème » avec Jonathan est gênante. On dirait vraiment que Jonathan et moi sommes amoureux, les yeux dans les yeux en chantant. On a l'impression que nous sommes en train de nous faire une déclaration d'amour.

Sous la photo, outre de multiples « j'aime », un commentaire de Frédéric : « Quel beau couple ! » Je décide alors de sortir de mon mutisme, je vais sur le mur de Frédéric, sous la publication où la fameuse Félicie a écrit « Souvenir, souvenir », j'ajoute un commentaire : « Mais quel souvenir au juste ? Faites-nous partager ! » Ou alors, écrivez-vous en privé, nom de Dieu !

J'éteins mon ordinateur et je vais me coucher, évidemment sans arriver à dormir sans qu'aucune tisane n'y puisse quelque chose.

Chapitre 14

Bon, il est faux de dire que je ne suis pas arrivée à dormir. Comme toujours en cas d'insomnie, je me suis tournée et retournée toute la nuit jusqu'à ce que le matin arrive et que là, miraculeusement, je m'endorme comme un ours en hiver jusqu'à 10 heures. Ça restera toujours pour moi un grand mystère.

J'émerge donc à 10 heures et je regarde mon téléphone. Aucune notification Facebook, mais un SMS de Jonathan :

« Si tu tiens vraiment à savoir si ton voisin est derrière la plainte, j'ai un plan. »

Je lui réponds :

« Je lui ai posé la question et il m'a affirmé qu'il n'y était pour rien. Mais quel est ton plan ? »

« Je t'explique tout en direct, tu n'as qu'à venir à mon appart à midi pour manger, si tu es dispo. »

« J'accepte, j'apporte le pinard ! »

« Entendu, je t'attends ! »

Je traîne un peu dans mon appart, me prépare tranquillement, engouffre une bonne bouteille dans mon sac à dos et monte sur mon vélo un peu avant midi, direction chez Jonathan. Sur le trajet, je croise Bernadette qui revient du marché avec un caddie rempli de victuailles. Je lui fais un signe de la main de loin.

Jonathan m'ouvre la porte et entreprend de me faire visiter son appartement, ce qui est assez vite fait puisqu'il s'agit d'un studio. Je suis un peu choquée en constatant qu'il s'agit d'un appartement très modeste, sombre et triste.

— Oh, mais c'est tout petit, ici !

— Oui, mais ce n'est que provisoire. Je cherche quelque chose de plus sympa, mais pour l'instant je ne trouve rien.

Je culpabilise un peu à l'idée qu'il a jeté son dévolu sur cet appartement minable parce que je l'y ai poussé en le chassant de chez moi à cause d'une rencontre nocturne avec une jeune femme en t-shirt d'homme, alors qu'il me faisait le ménage chaque semaine, me préparait de bons petits plats tous les soirs et surtout qu'il n'avait aucun compte à me rendre. Qu'est-ce que je peux être bête, par moments ! Mais il est trop tard pour revenir en arrière. Je lui demande de m'expliquer son plan.

— Oui, alors je t'explique. Ce qui t'intéresse c'est de savoir si le père de Léo est à l'origine de l'enquête du rectorat, non ?

— Non ! Mais en fait, oui. Je trouverais très bizarre qu'il cautionne cette plainte alors que nous avons des relations de bon voisinage et qu'il ne m'a jamais parlé de l'existence de cette plainte. Je l'ai interrogé et il nie même en avoir eu connaissance.

— OK, alors pour en avoir le cœur net, je peux demander à quelqu'un de vérifier.

— Tu parles de Sophie, celle-là même qui est venue m'interroger et qui se trouve être aussi ton ex ?

— Non ! Bien sûr que non !

— Qui, alors ?

— Bernard, un pote à moi. En fait, c'est lui qui nous a présentés, Sophie et moi. C'est quelqu'un en qui j'ai confiance et il travaille au rectorat, comme Sophie. Si je lui demande, il peut sûrement sans problème jeter un coup d'œil au dossier et vérifier qui a déposé la plainte.

— Un ami de la famille, en quelque sorte. OK, cool. Je suis d'accord. Mais, dis-moi, entre Sophie et toi, ça se passe comment ? J'ai bien compris que tu n'avais pas envie d'en parler puisque tu évites le sujet dès qu'il peut en être question, mais ça m'intrigue un peu, d'autant que je suis maintenant un peu concernée. Est-ce que ça se passe mal au point qu'elle puisse chercher à me nuire uniquement parce que nous sommes amis ?

— Je ne sais pas, mais ce n'est pas impossible.

— C'est par toi qu'elle a eu connaissance de la classe verte ?

— Sûrement. Quand tu as proposé le projet, j'étais encore avec elle, alors j'ai dû lui en parler, même si je n'en ai pas de souvenir précis. Bon, alors, pour Bernard, c'est bon, je lui dis de lancer les opérations ?

— Oui, oui.

On tope là. Il m'explique comment il compte procéder et on change rapidement de sujet. Je lui demande s'il a vu les photos de nous sur Facebook. Il ne les a pas vues. Je lui montre.

— Ah, elle est jolie, celle-là, dit-il en indiquant précisément celle que Frédéric a commentée.

— Ouais, un peu bizarre quand même. On dirait deux amoureux.

— Ce n'est pas faux, mais nous savons tous les deux qu'il n'en est rien puisque je ne suis qu'un collègue que tu as hébergé provisoirement. Ou à la rigueur ton meilleur ami gay.

J'éclate de rire et nous passons à autre chose. La soirée se poursuit dans la bonne humeur et il est bientôt minuit.

— Oula, mais c'est que je dois rentrer, moi !

— Il n'y a pas le feu, c'est samedi soir.

— Je sais bien, mais je dois rentrer à vélo.

— Je te raccompagne, si tu veux. Ou mieux encore, tu restes dormir.

— Non merci, sans façon. Déjà que je me suis endormie sur le canapé de Xavier l'autre soir.

— Ah bon, rien que ça !

Je lui raconte la fin de la soirée de départ à la retraite de Michèle.

— Ah oui, ça crée des liens, je comprends mieux maintenant pourquoi tu cherches tant à savoir s'il est à l'origine de la plainte.

— Mais non, rien à voir ! Il ne s'est rien passé.

— Non, rien, tu t'es juste endormie sur son canapé, réveillée chez lui le lendemain et vous avez pris le petit déjeuner ensemble.

— Oui, c'est ça, rien de plus.

Je le laisse après lui avoir fait la bise et rentre chez moi à vélo.

Chapitre 15

La semaine suivante, à l'école, je suis un peu paranoïaque à l'idée d'être espionnée par le personnel du rectorat à tout moment. Au début, j'ai beaucoup de mal à être naturelle et j'en fais un peu trop avec mes élèves. C'est tout juste si je ne leur transporte pas leur plateau à la cantine. Puis, peu à peu, je m'habitue à cet espionnage éventuel et je redeviens normale, d'autant que pour ce que j'en sais, personne n'est venu m'espionner pour l'instant. Je raconte à Jonathan comment je me sens à l'idée qu'on puisse m'observer à mon insu.

— Mais qu'est-ce que tu racontes ? Qui t'a fait croire ça ?

— Selon toute vraisemblance, ton ex !

— Mais elle t'a menée en bateau ! Personne n'a le droit de t'espionner, même sur ton lieu de travail !

— Tu es sûr ?

— Bien sûr que je suis sûr ! Si elle t'a dit ça, elle est vraiment plus tordue que je le croyais.

— Et pourquoi m'aurait-elle dit ça ?

— Je ne sais pas.

— Sinon, tu as des nouvelles de ton pote du rectorat ?

— Non, pas encore, mais si ça tarde trop je vais le relancer.

Ah ! Quelle situation absurde ! On ne m'y reprendra pas de sitôt à amener mes élèves au zoo ! Ils iront avec leurs parents ou avec qui ils veulent, mais certainement pas avec moi.

En sortant de l'école le lendemain, je remarque un homme sur le trottoir d'en face qui ne semble pas avoir de raison d'y être, d'autant que vu l'heure tardive, il ne reste plus aucun enfant dans l'école. Moi j'y suis restée pour travailler. Il ne bouge pas, il est un peu en retrait ; il semble attendre quelqu'un et pianote sur son téléphone. Avec toutes ces histoires, je deviens un peu soupçonneuse. Je détache mon vélo et tente de brouiller les pistes au cas où je serais réellement suivie. Au lieu de rentrer chez moi, je passe chez Jonathan. Je lui envoie un texto pour le prévenir de mon passage et j'arrive chez lui quelques minutes plus tard. Il m'accueille comme s'il m'avait invitée.

— Salut, ça tombe super bien que tu sois là, je suis en train de cuisiner un couscous et je dois en avoir pour 15 personnes. Si tu veux bien le partager avec moi.

— Tu sais bien que je suis toujours prête à rendre service…

Nous mangeons ensemble et Jonathan finit par me convaincre de regarder un film avec lui. Juste au moment où je m'apprête à partir, je jette un œil à la fenêtre et je vois une silhouette à moitié dissimulée derrière un arbre sur le trottoir en bas de l'appartement de Jonathan. Je lui fais part de mes craintes.

— Même si je pense que tes soupçons sont largement exagérés, j'ai une solution à te proposer. Il y a une sortie à l'arrière de l'immeuble. On peut passer par là, prendre une rue discrète et se rendre à pied jusque chez toi. Je ne peux pas prendre ma voiture parce qu'elle est garée devant l'immeuble, mais on prendra des rues piétonnes, on ne risque pas trop de se faire voir.

J'accepte sa proposition. Il me ramène chez moi. Je suis gênée de lui avoir fait faire ce trajet à pied pour rien, alors je lui propose de reprendre pour une nuit le canapé qui fut son lit pendant quelques semaines.

— Je te remercie, mais j'ai tout laissé allumé chez moi et je n'ai pas mes affaires pour demain.

— Comme tu veux, en tout cas merci mille fois pour tout ce que tu fais pour moi.

— C'est normal, on est des potes !

— Les meilleurs, lui dis-je en riant et en lui présentant la paume de ma main droite pour un « high five ».

Je ne suis pas retournée sur Facebook et je n'ai pas eu de nouvelles de Frédéric. Il est rare que nous passions autant de temps sans être en contact, mais je n'ai pas envie de faire le premier pas. Après tout, c'est lui qui a lancé les hostilités avec son commentaire.

Le lendemain, à l'école, Jonathan vient me voir pendant la récré. Il a un air dramatique.

— Salut, ça va ? me demande-t-il.

— Moi, oui, mais toi on dirait bien que non. Tu as été suivi, hier soir ?

— Non, je ne crois pas. Par contre, j'ai eu des nouvelles de mon ami du rectorat.

— Ah oui, et alors ?

Il me tend son téléphone sur lequel s'affiche une photo. Il s'agit de la photo d'un document, je n'arrive pas à bien voir à cause de la petite taille de l'écran, mais Jonathan zoome la partie importante. Au bas de ce document figurent les signatures de mademoiselle Alexandra Thibault et de monsieur Xavier Dubois. Je devine qu'il s'agit de la plainte déposée contre moi au rectorat.

— Ah d'accord, sont les seuls mots que j'arrive à prononcer.

La cloche sonne et je rappelle les enfants avant de monter dans ma classe. J'ai du mal à me concentrer pendant le reste de la journée.

Ce soir-là, je donne congé de devoirs aux enfants. J'ai le réflexe d'appeler Frédéric pour tout lui raconter, mais je m'aperçois vite que ce n'est pas une bonne idée. J'envoie un texto un peu désespéré à Bernadette qui me répond que je peux passer chez elle.

J'arrive chez elle avec une tête pas possible. Elle me fait entrer et asseoir et je lui raconte tout : l'enquête menée par l'ex de Jonathan, la filature, la signature de Xavier au bas de la plainte.

— Je pense que nous avons besoin d'un petit remontant, dit-elle en se levant.

Elle quitte la pièce et revient avec deux verres de muscat. Je suis surprise de son choix, ne connaissant pas de muscat breton, mais je ne suis pas là pour parler œnologie.

— Alors, si on résume, dit-elle, tu fais l'objet d'une enquête de la part du rectorat qui est diligentée par l'ex de ton bon ami Jonathan, tu es suivie par un inconnu et tu viens d'apprendre que ton voisin qui te fait du charme est partiellement à l'origine de cette plainte.

— Oh, ça va, Bernadette, arrête avec tes sous-entendus ! Qu'est-ce que ça veut dire « ton bon ami » et « ton voisin qui te fait du charme » ? Tu es lourde à la fin. Je viens te voir pour avoir un peu de réconfort et tout ce que tu trouves à faire c'est de me faire la morale !

— OK, excuse-moi. Mais avoue que c'est particulier comme situation. Et Frédéric, il en pense quoi ?

— Je ne sais pas ce qu'il en pense parce que je ne lui en ai pas parlé.

Je lui raconte l'histoire des photos sur Facebook et des commentaires un peu mesquins de l'un et de l'autre.

— Mon Dieu, Émilie, je trouve ça très étrange. Es-tu vraiment suivie et si oui, par qui ? Pourquoi ton voisin te soutient les yeux dans les yeux n'y être pour rien alors que tu as une photo du document qui prouve le contraire ?

— Je n'ai de réponse à aucune de ces questions.

— Prenons les choses dans l'ordre. Javier…

— Non, en fait c'est Xavier.

— Oui, Xavier. Je pense que tu peux le confronter facilement en lui montrant la photo. Mais encore faut-il que tu en aies envie… Si ce n'est qu'un voisin, ma foi, ça n'a pas vraiment d'importance qu'il soit loyal ou pas. Il t'a déjà rapporté ta box avec plusieurs semaines de retard, pourquoi en attendre davantage ? La prochaine fois qu'il t'invite chez lui, tu lui dis que tu attends le résultat de l'enquête du rectorat, ça calmera ses ardeurs.

— Mais il n'a aucune ardeur à calmer ! lui lancé-je avec un manque de conviction évident. Bon, tu as raison, mais je n'aime pas me fâcher avec les gens.

— Eh bien disons qu'il l'a un peu cherché !

— C'est vrai.

— Affaire classée. Ensuite, ce qui me paraît vraiment plus important est cette filature dont tu crois être l'objet. Il faut que tu trouves un moyen d'en être certaine.

— Et comment on peut faire ça ?

— Je ne sais pas, laisse-moi réfléchir.

— La seule chose que je sais, c'est que Sophie, lorsqu'elle m'a rencontrée pour l'enquête, m'a dit que je risquais d'être observée pendant mes heures de travail, par elle ou un de ses collègues, sans être prévenue.

— C'est étrange comme façon de faire.

— C'est ce que Jonathan croit aussi. Il dit que ce n'est pas possible.

— Je suis d'accord avec lui. Je ne vois qu'une solution, je vais espionner cet espion !

— Et comment vas-tu t'y prendre ?

— Je ne sais pas encore, mais fais-moi confiance. N'oublie pas que j'ai fait toute ma carrière dans les forces de l'ordre.

— Tu étais pervenche !

— Alors là, pas du tout ! Les pervenches c'était à Paris ! Ici, notre uniforme était plutôt myosotis.

— Oui, mais bon, tu distribuais des PV aux voitures mal garées.

— Et alors, ça fait de moi une incapable, peut-être ?

— Non, non, bien sûr que non !

— Heureuse de te l'entendre dire. Je vais donc filer cet espion.

Je quitte Bernadette ce soir-là sans avoir pu en apprendre davantage sur son plan et je soupçonne qu'elle-même n'en sait pas beaucoup plus que moi. Je jette un regard partout à l'horizon sans remarquer de présence inopportune et je rentre chez moi à vélo.

Chapitre 16

Le lendemain soir, je suis seule chez moi et je pense encore à toute cette histoire. Même si j'ai laissé croire à Bernadette que j'allais oublier la « trahison » de Xavier, je ne suis pas certaine de m'y résoudre. Ce n'est pas parce que j'éprouve pour lui des sentiments que je ne devrais pas éprouver, ça n'a rien à voir, il serait une voisine au lieu d'un voisin que ça serait la même chose. Je ne peux simplement pas croire qu'il puisse m'avoir regardée en face en m'assurant qu'il n'y était pour rien dans cette plainte alors que ce n'est pas vrai. Si c'est vraiment ce qui s'est passé, je veux en avoir le cœur net et le classer une bonne fois pour toutes parmi les personnes à fuir, mais une partie de moi espère encore que derrière tout ça se cache une explication qui ne ferait pas de lui cette mauvaise personne. Seulement, je ne vois pas trop comment m'y prendre. Je me vois mal me présenter à lui et lui dire que j'ai obtenu copie de la plainte déposée contre moi au rectorat et que sa signature y figure noir sur beige. Mais oui, pourquoi pas ? Après tout, je ne suis pas obligée de lui dire de quelle façon j'ai pu voir ce document. Je lui envoie un texto :

« Salut Xavier, j'aimerais te voir quelques minutes, dis-moi quand tu es dispo. »

« Maintenant je le suis, si tu veux passer. »

Bon, eh bien nous allons régler cette histoire rapidement.

Je sonne chez Xavier. Il me fait entrer et me fait la bise.

— OK, je vais aller droit au but. J'ai pu voir la demande d'enquête sur moi déposée au rectorat et ta signature y figure.

— Ça ne peut être qu'une fausse signature ! Comment as-tu pu voir ce document ?

— Peu importe comment j'y ai eu accès. Dans quel but ton ex aurait-elle imité ta signature ?

— Je ne sais pas, tout simplement donner plus de poids à sa requête. Elle ne savait pas qu'on se connaissait. Normalement, ça aurait dû n'avoir aucune conséquence. Et honnêtement, ça n'en a aucune, si tu veux bien accepter de croire que j'y suis pour rien. D'ailleurs, je vais te le prouver.

Il prend son téléphone et compose un numéro devant moi.

— Allo

— Salut, Alexandra, c'est moi. Ça va ?

Tiens, « mademoiselle Thibault » a un prénom.

— Salut, Xavier. Oui, oui, ça va, et toi ?

Il met le haut-parleur.

— Ça va, ça va. J'aimerais te parler d'un truc. J'ai appris que tu as porté plainte contre la maîtresse de Léo pour l'histoire du zoo.

— Oui, absolument. C'est inacceptable.

— Sauf que d'après mes renseignements, je serais également l'auteur de la plainte.

— Euh, oui, c'est-à-dire que oui, j'ai aussi mis ton nom.

— Tu as imité ma signature, tu veux dire.

— Oh ça va, ce n'est qu'une formalité tu n'étais pas en ville à ce moment-là, je n'ai pas voulu tout retarder.

— Tu aurais pu me demander si j'étais d'accord !

— Et pourquoi n'aurais-tu pas été d'accord ? Ton fils a failli se faire dévorer par des lions et tu voudrais rester les bras croisés ?

— Il n'a pas failli se faire dévorer, il s'est simplement endormi après avoir mangé et il semble qu'il était chaud à son réveil. Peut-être était-il malade ? Peut-être même savais-tu qu'il était malade et que tu l'as envoyé malgré tout à l'école parce que tu n'avais personne pour le garder.

— C'est vraiment n'importe quoi ! En fait, ça t'embête parce que tu aimerais bien te taper la maîtresse, ce qui serait bien pratique puisqu'elle habite justement à côté de chez toi, mais que maintenant qu'elle sait que tu es à l'origine de la plainte, disons qu'elle est devenue un peu plus farouche !

Je regarde ailleurs, gênée par ces paroles.

— Bon, je constate qu'il est toujours impossible de discuter avec toi, mais je vais quand même te dire ce que je pense. Je pense que ce qui s'est passé au zoo est un incident sans gravité. Émilie s'est aperçue rapidement de l'absence de Léo et elle l'a retrouvé rapidement aussi. Elle a commis une erreur qu'elle reconnaît et que nous pourrions qualifier d'erreur de débutant et je crois qu'elle a été suffisamment bouleversée pour que cet incident lui serve de leçon pour tout le reste de sa carrière. Il n'y a rien eu d'autre dans son comportement qui puisse laisser penser qu'elle représente un danger pour ses élèves. J'espère que ceux qui vont enquêter pour le rectorat auront l'intelligence de l'admettre, mais il aurait été préférable qu'il n'y ait pas du tout d'enquête parce que rien ne le justifiait. Et je ne te parle pas du fait que cet incident a eu finalement un effet positif pour Léo puisqu'il s'est fait des copains dans sa classe à la suite de ça. Pour finir, je te rappelle simplement qu'imiter la signature de quelqu'un est proscrit par la loi et passible de sanction.

Et il raccroche sans lui laisser le temps de répondre.

Chapitre 17

Au moment même où je me fais la réflexion que je n'ai pas eu de nouvelles de Bernadette depuis longtemps, je reçois un texto de sa part :

« Il y a du nouveau. Tu peux me retrouver au Café Da c'hortoz à 19 heures ? »

« Tu m'intrigues, bien sûr que j'y serai. »

Je suis déjà attablée devant un verre de vin lorsqu'elle arrive, coiffée d'un grand chapeau et cachée derrière des lunettes de soleil.

— Qu'est-ce que c'est que cet accoutrement ?

— Je dois être discrète, je t'expliquerai. Je n'ai pas beaucoup de temps, j'ai mon cours de tango dans une heure.

Je me garde bien de lui dire que certes on a du mal à la reconnaître sous ce chapeau et derrière ces lunettes, mais que pour ce qui est de passer inaperçue, ce n'est pas le meilleur moyen.

— Ah, c'est nouveau, ça, le tango !

— Oui, c'est à cause de Sébastien.

— Sébastien, un nouveau prétendant ? lancé-je avec un clin d'œil.

— Je ne dirais pas non, mais comme il a 30 ans de moins que moi, il y a peu de chances que ça arrive.

— Ah, qui sait, l'amour n'a pas d'âge.

— Je te remercie de me rassurer sur mes perspectives d'avenir sentimental, mais ce n'est pas du tout pour ça que je t'ai demandé de venir.

— OK, OK, je t'écoute.

Elle me raconte alors qu'elle a mis son plan à exécution et a filé celui que je soupçonnais de m'espionner. Elle l'a suivi partout pendant plusieurs jours sans jamais se faire repérer, du moins c'est ce qu'elle croit. Je sens qu'elle tire de ça une grande fierté et qu'il ne faudrait pas qu'on la pousse beaucoup pour qu'elle interrompe sa retraite afin de devenir détective privé. Seulement, elle n'a pas réussi à obtenir de renseignements concrets à son sujet, il semble travailler de chez lui et elle le soupçonne effectivement de me suivre, c'est pourquoi elle est venue incognito parce que s'il la voit avec moi, elle risque de se griller. Sa stratégie consiste à l'attaquer de front, c'est-à-dire faire sa connaissance et tenter de jouer plutôt la carte de la confidence. D'où les cours de tango. Ayant appris que mon espion en prenait, elle s'est inscrite au même cours de tango.

— Et vous êtes du même niveau ?

— Oui, et c'est tout un hasard ! Il pratique le tango depuis quelques années et moi, eh bien on peut dire que j'ai une facilité naturelle. Mon mari et moi étions arrivés jusqu'en quart de finale au concours régional de danse de salon de Saint-Zémur-les-Flons en 1973 dans la catégorie « couple libre ». Mais finalement, nous n'avons pas pu poursuivre le concours parce que j'ai accouché.

Je préfère ne pas demander de détails sur la catégorie « couple libre », surtout en 1973. J'imagine Bernadette, des fleurs dans les cheveux dansant une valse avec son mari, son gros ventre de femme enceinte de 8 mois et demi au milieu...

— Félicitations.

— Merci, un gros bébé de 4 kilos.

— Je parlais du concours.

— Va mettre au monde un bébé de 4 kilos et tu comprendras qu'à côté de ça, se qualifier pour le quart de finale d'un concours de danse de salon ce n'est rien.

— Encore faut-il savoir danser.

— Même !

— OK, je te crois sur parole. Et alors, tu es devenue copine avec lui ?

— Pas seulement copine, je suis sa partenaire ! Sa partenaire habituelle a dû s'arrêter quelques semaines à cause d'un accident et j'ai pris sa place.

— C'est providentiel tout ça ! Tu n'y es pour rien dans l'accident de sa partenaire habituelle, j'espère.

— Mais non, qu'est-ce que tu vas chercher !

— Bon, tant mieux. Et que sais-tu de lui ?

— Pas grand-chose à vrai dire, mais je poursuis mon enquête.

Bernadette me tend une feuille qui résume les renseignements qu'elle a recueillis sur cet adepte de tango.

Nom : Sébastien Plantin

Taille : environ 1,80 m

Date de naissance : 18 avril 1985

Lieu de naissance : Lunel

Métier : Détective privé ? Enquêteur civil ? Chômeur ?

Hobby : tango

— C'est assez maigre, en effet. Comment as-tu pu obtenir sa date et son lieu de naissance et pas son métier ?

— J'ai un peu fouillé dans ses affaires… Mais je n'ai rien trouvé sur son métier et je n'ai pas encore eu l'occasion d'aborder la question directement.

— Fais attention, tu vas te faire pincer !

— Ne t'inquiète pas, je suis prudente.

— C'est marrant, Frédéric est aussi né à Lunel.

— Très marrant en effet, me dit-elle sur un ton qui me fait comprendre que je ferais mieux de me taire si c'est pour lui faire perdre son temps avec des remarques insignifiantes.

— Bon, ben en tout cas on peut dire que tu n'as pas appris grand-chose. Il est plutôt secret ?

— Pour l'instant oui, mais je mise beaucoup sur le bal organisé par l'école, pendant lequel je compte bien le cuisiner. Avec un petit coup dans le nez, il risque de se montrer plus bavard entre un paseo et un quadrato. Dommage que je ne puisse pas utiliser l'arme de la séduction.

— Tu n'es pas obligée de te donner corps et âme à cette mission, Bernadette. Surtout que depuis la fois devant chez Jonathan, je ne l'ai plus revu. Et puis côté séduction, tout n'est pas perdu, tu as de beaux restes…

— Je te remercie, mais je ne suis pas une cougar !

— Sans être une cougar, tu as beaucoup de charme et tu es encore très belle. Certains hommes aiment les femmes mûres, tu sais.

— Tu me donnes des idées, je pourrais me recycler en *escort* ! À t'entendre, j'aurais un succès fou. Trêve de bêtises, je ferai tout ce que je peux pour connaître la vérité. Bon, je dois y aller. Je te tiens au courant et de ton côté, continue d'être attentive. S'il s'est aperçu que tu l'as repéré, il a dû se faire plus discret.

Chapitre 18

Je sais bien qu'il faut que j'aie une explication avec Frédéric à propos de nos petites vacheries postées sur Facebook, mais pour l'instant chacun reste campé sur ses positions et personne ne fait le premier pas. Je m'installe devant mon ordinateur et ne peux m'empêcher de me retrouver sur le fameux réseau social qu'on accuse d'être responsable de tant de ruptures amoureuses. Est-ce une bonne ou une mauvaise chose ? Je n'en sais rien. Ça permet de découvrir des choses qu'il aurait été impossible de savoir autrement, mais ne dit-on pas que ce qu'on ne sait pas ne peut pas nous faire souffrir ? Tous ces renseignements sont-ils vraiment nécessaires ? Si on se place du côté de celui qui est « espionné », la réponse est sans hésitation : non ! La photo de Jonathan et moi, je sais qu'elle ne cache rien de mal. Pourtant, ce n'est pas l'impression qu'elle donne, alors je me retrouve obligée de me justifier à cause d'une photo qui laisse croire que… alors qu'il n'y a rien. Ai-je vraiment besoin de savoir qui est cette Félicie qui semble tourner autour de Frédéric ? Besoin, probablement pas, mais très envie, ça, oui. Alors je retourne une fois de plus sur la page de Frédéric, mais il n'y a rien de nouveau depuis la dernière fois que je l'ai regardée. Je fais défiler la liste de ses « amis » lorsque mon œil est attiré par un nom qui fait sonner une cloche dans ma tête : Sébastien Plantin. Malheureusement, la photo de profil représente un enfant de 3 ou 4 ans. Pourtant, on peut penser qu'il s'agit bien du jeune Sébastien et non de son éventuel fils. La photo un peu floue, les couleurs passées et la coiffure de l'enfant montrent qu'il s'agit bien d'une vieille photo et non d'une photo récente qu'on aurait voulu « vintagiser » à grand renfort de filtres. Tous les filtres qu'on peut utiliser pour donner un côté vintage aux photos récentes ne donnent pas un résultat d'aspect aussi authentique. Même si je me vante d'être physionomiste, il est difficile pour moi de savoir si cet enfant est devenu l'homme que je soupçonne de m'espionner, surtout que je ne l'ai vu que de loin. Est-ce le même Sébastien Plantin ? Je me rends sur la page de son profil et je constate qu'il fait partie de ceux qui ont verrouillé complètement leur profil pour les personnes qui ne sont pas parmi leurs « amis », autant dire que je ne peux rien apprendre de plus. Je me rappelle que Bernadette a noté qu'il est né à Lunel que je lui ai fait remarquer que Frédéric aussi. Elle avait semblé trouver que ça n'avait aucun intérêt, mais moi je commence à trouver qu'il y a pas mal de liens entre ce présumé espion et mon amoureux. Tout ça peut bien sûr n'être que le fruit du hasard, ou alors, même si cette idée me paraît horrible, peut-être que Frédéric a demandé à ce Sébastien Plantin de me suivre ! Je téléphone tout de suite à Bernadette pour lui faire part de ma découverte.

— Non, je ne peux pas croire ça, Frédéric a l'air d'un si gentil garçon.

— Je le sais, Bernadette, c'est mon petit ami ! Mais avoue que les apparences sont contre lui.

— Tu tires trop vite des conclusions, on ne peut pas éliminer la possibilité que ce soit un hasard.

— Non, bien sûr et j'espère que c'est le cas, mais tu sais bien que les filatures ont souvent des causes sentimentales. Enfin dans mon cas, je ne vois pas qui pourrait vouloir me faire suivre, je n'ai jamais rien fait de mal ou d'illégal et je ne me connais pas d'ennemi. Enfin, à part cette hystérique « mademoiselle Thibault » et cette machiavélique Sophie Lamarre.

— Eh bien sans vouloir te vexer, ça fait déjà pas mal de monde. Sans compter que ta vie sentimentale ne se résume plus à Frédéric. Ce beau voisin, on ne connaît pas ses intentions, sans oublier Jonathan.

— Bon, pour Xavier, j'admets qu'il y a peut-être une légère ambiguïté, mais ce n'est pas une raison pour me faire suivre. Quant à Jonathan, je ne te le répéterai jamais assez…

— Oui, je sais, ce n'est qu'un collègue que tu as hébergé provisoirement.

— Non, c'est faux !

— Ah bon, qu'est-ce que tu me caches, alors ?

— Rien, je ne te cache rien, mais ce serait mentir que d'affirmer que ce n'est qu'un collègue que j'ai hébergé provisoirement, je te l'ai déjà dit, c'est devenu un ami, mon meilleur ami gay !

— Es-tu certaine que ce soit clair pour lui aussi ?

— Absolument certaine, il n'y a jamais eu la moindre allusion, la moindre ambiguïté. Et puis rappelle-toi, il a quand même ramené une fille chez moi quand je l'hébergeais, ce qui serait probablement la pire stratégie de drague de toute l'histoire de la drague s'il avait eu la moindre vue sur moi.

— Ça montre surtout qu'il n'est pas gay. Et puis tu sais, les sentiments ça peut changer, évoluer.

— Qu'est-ce que Frédéric t'a fait pour que tu refuses même d'envisager la possibilité que ce soit lui qui me fasse suivre ? Moi-même, qui suis sa petite amie, je suis prête à admettre que c'est possible. Tu sais, Frédéric est adorable et je l'aime, mais il a ses défauts comme tout le monde et la jalousie et la possessivité en font partie. Il était loin d'être d'accord pour que j'accepte ce remplacement. Quand il est venu me rendre visite, il a mis des photos de nous deux partout dans mon appartement. C'était clairement un moyen de marquer son territoire.

— Ce qui peut se comprendre après t'avoir trouvée en pyjama en train de prendre le petit déjeuner avec Jonathan.

— Il avait déjà ces photos avant même de nous surprendre.

— Ah ! Vous surprendre, tu le dis toi-même !

— Ah, mais non, j'ai dit ça comme ça, c'est ce que lui a eu l'air de penser.

— Bon, admettons. Je veux bien considérer cette piste, mais il faut plus que des soupçons. Il faut que j'arrive à en savoir plus, il faut des preuves !

— Tu devrais déjà regarder la photo de profil de ce Sébastien Plantin.

— OK, envoie-moi le lien. Ensuite, il faut que je trouve un moyen de l'ajouter à mes amis Facebook. J'ai déjà cherché, tu penses bien, mais je n'ai pas réussi à être certaine que c'était bien lui. Je vais la jouer fine, je vais créer un groupe d'amateurs de tango et demander aux gens du cours d'y adhérer. Ou mieux, je vais proposer à l'école de tango de créer une page pour eux. Enfin, je me débrouillerai. Je viens de recevoir ton lien. Franchement, c'est difficile de savoir si c'est lui. L'enfant sur la photo est blond et lui est brun, mais ça arrive souvent. Je ne sais pas du tout si c'est lui.

— Bon, écoute, fais comme tu peux, on se tient au courant.

— Oui, OK, je t'embrasse.

— Moi aussi, à bientôt.

Chapitre 19

Même si ma participation à la classe verte n'est pas certaine, je décide de continuer à m'impliquer dans le projet comme si de rien n'était. Après tout, Sophie a peut-être seulement voulu me faire peur avec cette menace, comme pour l'inspection surprise. Comme nous souhaitons que le tarif reste le plus abordable possible pour les parents, nous avons cherché un endroit situé pas trop loin, de façon à pouvoir éviter les frais de transport en organisant un système de covoiturage. Nous avons donc aujourd'hui rendez-vous à 8 heures dans ce centre qui se trouve à quelques kilomètres seulement. En sortant de mon appartement, je vois passer un joli garçon qui referme derrière lui la porte de l'appartement de Xavier. Si on devait lui trouver une ressemblance avec un acteur, cette fois ça serait plutôt Matthew McConaughey. C'est peut-être le frère de Xavier. Si c'est le cas, on peut dire que les gènes Dubois ont produit de beaux spécimens. Léo aussi est un beau petit garçon.

On nous fait visiter le centre et l'endroit nous plaît. Compte tenu de l'heure du rendez-vous, il n'est même pas 9 h 30 lorsque nous revenons en ville. Nous nous arrêtons au Café Da c'hortoz où nous faisons le point sur notre visite et continuons à discuter de la classe verte. Lorsque je regarde l'heure pour la première fois, il est déjà 11 h 30. Je propose à Jonathan de venir déjeuner chez moi pour qu'on puisse poursuivre l'organisation. Il accepte, mais en ouvrant le frigo, je m'aperçois que j'ai lancé l'invitation un peu vite et que je n'ai pas grand-chose à lui proposer. Je m'apprête à me rabattre sur le congélateur, mais Jonathan intervient, il fouille dans mon garde-manger et mon frigo et trouve tout ce qu'il faut pour faire des spaghettis à la puttanesca. Il m'épate. Alors que la seule solution que j'envisageais était de réchauffer des surgelés, lui trouve le moyen de cuisiner un très bon plat sans aller faire la moindre course. Je n'ai pas vraiment l'impression que c'est moi qui l'ai invité, mais peu importe, nous nous régalons. Je me répète que j'ai été un peu stupide de lui demander de partir. N'eût été cette fille en t-shirt trop grand, notre cohabitation aurait été idyllique. Mais il y a eu cette fille en t-shirt trop grand, on ne peut pas en faire abstraction. Et depuis quand les colocataires se doivent-ils fidélité ? Non, ils ne se doivent pas fidélité ! J'ai vraiment été stupide. Soudain, il me prend l'envie de lui parler de mes soupçons à l'égard de Frédéric et de la filature, de la guéguerre qu'on se livre tous les deux par commentaires interposés sur Facebook… Je lui raconte tout. Les réticences de Frédéric à propos du remplacement que j'ai accepté, les photos de nous dont il a placardé mon appartement, ça, Jonathan me dit qu'il s'en est bien aperçu, les commentaires sur Facebook, la filature, l'enquête de Bernadette, les liens que je soupçonne entre mon espion et Frédéric.

— Je suis sidéré, me dit-il. S'il t'a vraiment fait suivre, c'est très grave, tu ne peux pas rester avec un type comme ça.

— Je sais, mais je n'ai aucune preuve.

— Tu lui en as parlé ?

— Non, on est un peu en froid depuis les commentaires sur Facebook.

— Il faut crever l'abcès, Émilie. Il faut que tu en aies le cœur net.

— Oui, je sais, mais même si c'est lui, il ne me le dira pas spontanément, même si je lui demande directement. Je suis certaine d'avoir droit à une réponse négative.

— Oui, c'est sûr, tu as raison.

— Et pour cette Félicie, c'est pareil. Si je lui demande qui elle est, il va me raconter ce qu'il veut bien me raconter pour me rassurer même si ce n'est pas vrai.

— Dis-moi Émilie, tu trouves ça normal de ne pas pouvoir espérer des réponses franches de la part de l'homme qui partage ta vie ?

— Non, mais tu sais, tout le monde un jour ou l'autre se retrouve plus ou moins obligé de mentir ou du moins de camoufler la vérité, parfois simplement pour ne pas faire de mal aux autres. Moi-même, je ne dis pas toute la vérité à Frédéric parce que je sais qu'il n'aime pas que je passe du temps avec toi ou avec Xavier.

— Tu vas me traiter d'idéaliste, mais pour moi dans un couple on doit pouvoir être totalement transparent avec l'autre. Je ne te dis pas qu'il n'y a pas une certaine part secrète en chacun, mais dissimuler ce qu'on fait réellement, pour moi ce n'est pas bon, c'est le signe que l'autre n'est pas prêt à nous accepter comme on est et qu'il ne croit pas suffisamment en notre amour.

— J'aimerais bien y croire, mais les amours à distance, c'est vraiment compliqué.

— Oui, j'imagine.

— Si on allait faire un peu de shopping pour nous changer les idées ?

— OK cool, ça me dit bien.

Nous partons en direction du centre commercial du centre-ville. Je ne suis pas folle de shopping, mais il faut bien s'habiller et j'avoue que c'est un bon moyen de se vider la tête. Je choisis d'oublier tous mes tracas pendant quelques heures et de me consacrer à cette activité totalement superficielle, mais ô combien efficace pour se changer les idées.

En entrant dans le centre commercial, nos yeux sont attirés par d'immenses panneaux placardés dans les vitrines de chez Mayrand, une boutique de vêtements pour hommes : « Tout doit disparaître » « Grande liquidation avant fermeture définitive ». Je propose à Jonathan d'aller y faire un tour, voyant là peut-être l'occasion rêvée pour qu'il consente à revoir un peu sa garde-robe. Il y a effectivement des affaires à faire et je remarque avec satisfaction qu'on ne retrouve aucun vêtement du type de ce que porte habituellement Jonathan. Pas l'ombre d'un sarouel ni d'une tunique en batik. Après avoir fait le tour des rayons, Jonathan se dirige vers les cabines d'essayage les bras chargés de vêtements en tous genres. À côté des cabines se trouve un petit salon où je prends place en attendant qu'il essaye les vêtements. Il sort une première fois de la cabine vêtu d'un total look jeune de banlieue, casquette comprise, je fais la moue, il retourne à l'intérieur pour ressortir peu de temps après, cette fois avec une panoplie BCBG qui n'obtient pas non plus mon approbation. Il continue à enchaîner les tenues, bref, il me refait la scène du film « Pretty woman », sauf que je ne suis pas une milliardaire qui va lui offrir de quoi se relooker et que lui n'est pas une fille de joie. Mais il me fait beaucoup rire. Je ris tellement fort que tout le monde dans le magasin me regarde, dont un élève de l'école qui nous regarde en riant aussi. Je réussis à influencer un peu les choix de Jonathan et il ressort de la boutique avec des vêtements simples, d'un style beaucoup plus classique que ce qu'il porte d'habitude : des chemises, des jeans, mais actuels et passe-partout. Il a vraiment une autre allure parce que même si ça ne se remarque pas trop habituellement, il est vraiment bien gaulé… Après cette intense séance de shopping, je n'ai plus du tout envie de continuer à faire les magasins et nous décidons de rentrer. Jonathan rentre chez lui et je passe la soirée à travailler avec le sourire en repensant à cette virée shopping. Je reporte encore à plus tard la discussion que je dois avoir avec Frédéric.

Chapitre 20

En me levant ce dimanche matin, je suis bien décidée à régler certaines choses avec Frédéric, en tout cas je veux qu'on se parle. Même si je ne l'ai jamais vu se lever plus tard que 8 heures, j'attends qu'il soit 10 heures et je l'appelle.

— Salut, Fred, c'est moi.

— Oui, j'ai vu, comment tu vas ? me demande-t-il assez fraîchement.

— Ça va, écoute, je pense qu'il faut qu'on se parle franchement et qu'on arrête avec ces bêtises sur Facebook. Pour ma part, je peux t'assurer qu'il n'y a rien d'autre que de l'amitié entre Jonathan et moi. La photo que tu as vue laisse penser le contraire, je te l'accorde, mais c'est parce que nous étions concentrés sur la chanson. Tu sais à quel point j'aime chanter.

— C'est peut-être clair pour toi et pas pour lui.

— Sincèrement, je t'assure qu'il n'y a pas et qu'il n'y a jamais eu la moindre ambiguïté avec Jonathan.

— Ah, avec Jonathan, ça veut peut-être dire qu'il y en a eu avec quelqu'un d'autre ? Ton voisin, par exemple ?

Là, je sens que je vais devenir moins convaincante, mais je ne me démonte pas

— Avec Xavier non plus, je t'assure, c'est aussi uniquement amical. Je sais que les relations à distance sont difficiles, mais si on veut que ça continue de marcher, nous deux, il faut qu'on se fasse confiance mutuellement. Et si tu me parlais de cette Félicie ?

— Félicie, c'est une nouvelle collègue. Elle est aussi nouvelle en ville et j'ai l'impression qu'elle est en mal d'amis. Elle veut s'intégrer à tout prix, alors elle fait ami-ami avec un peu tout le monde, pas qu'avec moi. Mais je ne m'intéresse pas à elle, pas du tout.

— Bon, eh bien je te crois. Et toi, tu me crois ?

— Mais oui, ma chérie, je te crois. Mais je pense que tu devrais te concentrer sur ton travail plutôt que d'essayer de socialiser. N'oublie pas que ce n'est qu'un remplacement que tu fais et que l'année prochaine tu ne seras plus là. Pourquoi dépenser autant d'énergie à te faire des amis ?

— Eh bien, pour m'occuper, pour passer le temps. Pour profiter de la vie ! J'adore mon boulot, tu le sais, mais on ne peut pas dire que ça nécessite d'y passer tous mes week-ends et toutes mes soirées.

— Bon, que dirais-tu d'un petit week-end en amoureux ? Je viens te voir, attends que je regarde mon planning… Le week-end du 23. Ça te va ?

— Oui, oui, bien sûr que ça me va ! Je pense qu'on a besoin de se retrouver tous les deux.

— Allez, ma chérie, on oublie toutes ces bêtises de commentaires et on repart comme avant.

— Oui, mon amour, je ne demande que ça !

— Parfait ! Allez, ma chérie, je dois te laisser, je vais courir avec Christophe et je suis déjà en retard.

— OK, mon amour, bonne course et à bientôt, je t'embrasse.

Cette conversation me laisse dubitative. Malgré ce que je lui ai dit, je ne suis pas vraiment convaincue par son explication. Je repense à ce que m'a dit Jonathan. Il a sans doute raison, quand on est en couple avec quelqu'un on devrait avoir une confiance aveugle en cette personne. Visiblement, ce n'est le cas ni de moi ni de Frédéric. Oui, mais c'est la distance qui fait ça. Malgré mes doutes, je suis bien déterminée à tout miser sur ce week-end en amoureux qui approche. Pour vraiment couper avec le quotidien et aussi pour éviter une rencontre inopportune entre Frédéric et Xavier, je nous réserve une chambre dans un hôtel de charme. On va vraiment jouer le romantisme à fond. Aïe, petit souci, l'hôtel que je choisis est à 30 kilomètres et je n'ai pas de voiture. Je pourrais en louer une, mais disons que ça augmenterait pas mal le prix de cette petite escapade qui est déjà pas mal élevé. Il y a bien Jonathan qui a une voiture. Est-ce que j'ose ? Il est si gentil que s'il peut, je sais qu'il ne refusera pas, mais en même temps, il ne me doit rien. Quoique si ! Je l'ai tout de même hébergé pendant quelque temps et lui n'a rien trouvé de mieux pour me remercier que de ramener une fille dormir ici ! Allez, il me doit bien ça, je l'appelle.

— Salut, Émilie.

— Salut, Jonathan, je ne te dérange pas ?

— Pas du tout, j'étais en train d'essayer de déplacer les meubles de mon studio pour que ce soit plus *feng shui*, mais les possibilités sont tout de même réduites. Pour pouvoir dormir dans la position idéale, il faudrait que je me couche en largeur du lit. Et puis il y a ce radiateur qui empêche la bonne énergie de circuler.

J'éclate de rire.

— Il est quand même bien pratique pour chauffer la pièce, ton radiateur. Quand vas-tu te décider à trouver un appartement digne de ce nom ?

— Je ne trouve rien pour l'instant.

— Et tu cherches, au moins ?

— Un peu…

— Rien du tout, tu veux dire ! Je suis certaine que si je m'y mets, je te trouve un truc sympa en moins d'une semaine.

— Et c'est pour me proposer ça que tu m'appelles ? Tu viens d'ouvrir une agence Orpi et tu es en mal de clients ?

— Pas vraiment. Tu sais, j'ai fini par téléphoner à Frédéric. On s'est expliqués. Je lui ai dit qu'entre toi et moi il n'y avait rien d'autre que de l'amitié. C'est bien vrai, n'est-ce pas ?

— Absolument !

— Voilà ! Et je lui ai dit qu'avec Xavier non plus, il n'y avait rien. Et lui m'a assuré que cette Félicie n'est qu'une nouvelle collègue qui vient d'arriver en ville et qui fait un peu le forcing pour se faire des amis.

— Super, tout va bien alors.

— Oui, mais on a décidé de se faire un week-end en amoureux pour mieux se retrouver.

— Cool.

— J'avais pensé aller chez Brigoulet.

— Très romantique.

— C'est ce qu'on dit, mais c'est à 30 kilomètres…

— Ah oui, c'est pas à côté.

— Et je n'ai pas de voiture.

— Ah, c'est embêtant. Ça va faire long, en vélo… Il est sportif, Frédéric ?

— Jonathaaaaaaaan, est-ce que tu accepterais de me prêter ta voiture ? Pour sauver mon couple !

— Lourde responsabilité. C'est quand ?

— Le week-end du 23.

Long silence.

— J'ai une randonnée prévue ce week-end-là… Je vais voir avec mes potes si l'un d'eux peut m'amener.

— Ah, ça serait vraiment génial ! Tu es le meilleur des amis !

— Je sais, dit-il, un sourire dans la voix.

— Je te le rendrai au centuple !

— C'est déjà fait, Émilie, t'inquiète.

— Tu es un amour !

— Un ami ou un amour ? Faudrait savoir ! Bon, allez, je retourne à mon feng shui. Bon dimanche, Émilie.

— Bon dimanche à toi, Jonathan, et à demain.

Chapitre 21

Le week-end du 23 arrive enfin. La veille, le vendredi, Delphine m'a convoquée dans son bureau pour m'annoncer que madame Gibaud, que je remplace, a choisi de prolonger son congé de maternité et qu'elle prend une année supplémentaire au titre de congé parental. Delphine me dit qu'elle est disposée à me reprendre, malgré l'enquête du rectorat. Pour elle, peu importe la décision, je n'ai pas commis de faute et elle me renouvelle son entière confiance. Cependant, je dois me décider rapidement parce qu'elle doit choisir la remplaçante avant la fin du mois et il y a évidemment du monde sur les rangs. Je la remercie pour sa proposition et sa confiance et je lui dis que je lui donne ma réponse rapidement. Je ne m'attendais pas à une telle proposition et je ne sais pas quelle décision prendre. J'ai très envie d'accepter parce que je me sens bien ici et ce n'est pas facile de trouver un remplacement d'aussi longue durée, mais je m'inquiète un peu de la réaction de Frédéric. Pour lui, ce remplacement devait durer une année scolaire, pas plus. Je pense que j'en parlerai avec lui pendant le week-end. Si tout va comme je l'espère, il sera dans de bonnes dispositions et peut-être plus ouvert à mes arguments.

Frédéric a voulu d'abord passer en ville en descendant de l'avion à 15 heures pour faire quelques courses, alors il a pris la navette. Pendant ce temps, je termine mes préparatifs et nous partons directement chez Brigoulet. Je ne lui ai pas donné de détails, je lui ai juste dit que je l'amenais dans un endroit sympa pour notre week-end en amoureux et qu'il fallait s'y rendre en voiture. Je vais le rejoindre en ville. Nous nous retrouvons avec joie et nous allons récupérer la voiture de Jonathan avant de quitter la ville. Nous découvrons cet endroit charmant et effectivement plutôt romantique, mais pas du tout dans le sens kitsch du terme. Tout est de bon goût. Nous nous reposons un peu avant de descendre prendre l'apéro, et cette petite sieste confirme que nous n'avons rien perdu de notre bonne entente… La première soirée se passe sans l'ombre d'une mésentente. Il me tend un écrin qui provient d'une bijouterie du centre-ville et qui contient un joli bracelet que je m'empresse de mettre à mon poignet. Je préfère ne pas aborder tout de suite la question du renouvellement possible de mon contrat pour ne pas gâcher la soirée.

Le lendemain matin, je me réveille heureuse que nos retrouvailles se déroulent aussi bien. Frédéric m'a laissé un mot me disant qu'il est parti courir. Je m'étire et me réveille doucement, puis je récupère dans mon sac mon téléphone que j'avais éteint la veille pour ne pas être distraite pendant notre tête-à-tête. Je suis surprise de voir que j'ai 12 SMS, tous de Bernadette.

« Émilie, je suis sincèrement désolée, mais je ne peux pas garder ça pour moi, je pense que tu avais raison. Je viens de voir Frédéric remettre une enveloppe à Sébastien ! »

Suit une photo de mauvaise qualité où on voit effectivement deux silhouettes qui peuvent être celles de Frédéric et de ce Sébastien, ou pas… Mais si Bernadette affirme qu'elle les a vus, je ne peux que la croire. Elle défendait Frédéric, alors elle ne serait certainement pas allée inventer une histoire pareille. Une enveloppe, c'est bizarre, de nos jours tout est dématérialisé.

Sauf si on veut ne pas laisser de traces… Les autres messages de Bernadette, sont des variations sur le même thème :

« Ça va ? Réponds-moi ! »

« T'es où ? »

Je lui réponds :

« Je ne peux pas te parler pour l'instant, je passe le week-end au Brigoulet avec Fred (je te l'avais dit, d'ailleurs). Je te contacte dès que je peux. Essaye de cuisiner Sébastien pour en savoir plus. »

« Très romantique, le Brigoulet, désolée de casser l'ambiance. »

Je dois réfléchir, et vite ! Est-ce que ce que Bernadette a vu est une preuve ? Non, on ne peut pas dire ça. Frédéric avait peut-être une bonne raison de rencontrer cet homme. Mais s'ils ne font rien de mal, pourquoi ne pas m'en avoir parlé ? Et comment en savoir plus ? Si je lui dis carrément : « Au fait, Bernadette t'a vu hier remettre une enveloppe à un homme, qui était-ce et que contenait cette enveloppe ? » Ça va faire bizarre. Ou je peux la jouer plus fine. Ne pas parler de l'enveloppe, juste lui dire que Bernadette croit l'avoir reconnu au loin hier en ville. Nonchalamment, comme si de rien n'était. Je ne suis pas la meilleure pour faire semblant, mais je peux toujours essayer. Oui, je vais y arriver, mais pour que ça paraisse anodin je ne dois pas me précipiter sur lui dès son retour en lui posant la question. Je dois attendre le bon moment. Je vais sous la douche en essayant de préparer la scène mentalement.

« Tu n'as pas vu Bernadette, hier en ville ? Elle vient de me dire qu'elle croit t'avoir reconnu de loin. » Pas assez précis, tout le monde sait qu'il était en ville hier, et je ne lui parle même pas de Sébastien.

« Le monde est un mouchoir de poche ! Imagine-toi que Bernadette t'a vu hier discuter avec son partenaire de tango. Comment tu le connais ? » Non, non, il vaut mieux garder sous silence le fait que Bernadette connaît Sébastien.

« Tu connais quelqu'un en ville ? Bernadette vient de me dire qu'elle t'avait vu en grande conversation avec un homme hier. » Pas mal, mais il peut très bien me répondre qu'il parlait à un commerçant ou qu'il demandait son chemin à quelqu'un. Mais s'il me répond quelque chose du genre, je saurai qu'il me ment. Ah, je ne sais pas du tout comment faire !

Juste au moment où je sors de la douche, il arrive. Je l'accueille comme si de rien n'était et je me lance, ça sort assez naturellement, je suis plutôt fière de moi :

— Ah, au fait, tu n'as pas vu Bernadette en ville, hier ? Elle m'a dit ce matin qu'elle t'avait aperçu en grande conversation avec quelqu'un.

— Ah non, je ne l'ai pas vue. Et c'était où ?

— Elle ne me l'a pas précisé, elle a juste dit « en ville ». Avec qui étais-tu en grande conversation ?

— Franchement, je ne me rappelle pas avoir eu une conversation, ni grande ni petite, avec quiconque hier en ville. Elle a dû me confondre avec quelqu'un d'autre.

Eh ben voilà, il botte en touche ! Et je ne suis pas plus avancée. Il faut que je trouve un moyen d'espionner son téléphone, je vais profiter de sa douche pour le faire. Après un moment qui me paraît interminable et pendant lequel j'ai l'impression qu'il me raconte dans le détail chacun des pas de la course qu'il vient de faire, il se dirige enfin vers la douche. J'attends d'entendre l'eau couler et je me précipite sur son téléphone. Je tremble en composant le code que je connais par cœur, mais un message s'affiche : code invalide. Mince, est-ce qu'il a changé de code ou bien dans mon énervement j'ai fait une erreur ? Je sais très bien qu'après 3 codes invalides le téléphone se bloque et il faut le code PUK pour le débloquer. Et si ça arrive, je serai prise la main dans le sac : « Ton téléphone est bloqué ? Ah ben ça alors, comment c'est possible ? Ah non, je n'y ai pas touché, mon chéri. » Je retente le code une deuxième fois et cette fois ça marche, mais je tremble toujours autant et je ne sais pas trop où chercher. Il y a un message non lu, alors je ne peux pas lire ses messages sans qu'il s'en aperçoive. Ah que c'est compliqué, l'espionnage ! Je regarde dans son répertoire s'il y a un Sébastien Plantin… Oui, il y a en a un. Je regarde l'activité récente et il y a des interactions avec ce Sébastien, j'ai du mal à comprendre le sens des pictogrammes, mais il y a eu des appels téléphoniques et des SMS. Je descends plus bas dans la liste de l'activité et outre mon propre nom et d'autres que je connais, je remarque celui d'une FÉLICIE ! J'en étais sûre ! Mais bon, encore une fois, ça ne prouve rien. J'entends la douche s'arrêter, alors je repose le téléphone où il était. Suis-je plus avancée ? Un peu, quand même. Je sais que Frédéric a des contacts avec le partenaire de tango de Bernadette et qu'il me le cache. Je sais qu'il a des contacts avec cette Félicie et qu'il me le cache. Non, il ne me le cache pas vraiment, si c'est une collègue il peut avoir des raisons professionnelles de communiquer avec elle. Et vu la petite scène de jalousie que je lui ai faite à propos d'elle, il est normal qu'il cherche à passer sous silence les contacts qu'il peut avoir avec elle. Il faudrait que je puisse lire les SMS.

Nous descendons prendre le petit déjeuner. Je suis tendue, mal à l'aise, le charme est rompu et la beauté de l'endroit ne peut hélas rien y changer. J'ai beaucoup de mal à donner le change et à faire comme s'il ne se passait rien, mais je ne suis pas prête à le confronter parce que ça voudrait dire lui avouer que j'ai fouillé son téléphone et s'il s'avère qu'il peut me fournir des explications, je suis grillée et il ne me fera plus confiance. D'un autre côté, moi je n'ai pour l'instant pas confiance parce que je sais qu'il me cache des choses. Tant que je ne connais pas les raisons de ces cachotteries, il est tout à fait normal que je me méfie. J'aimerais pouvoir parler à quelqu'un pour m'aider à y voir plus clair, mais je suis coincée ici pour un week-end romantique avec quelqu'un dont je me méfie…

Je réussis à passer le reste du week-end en ayant l'air à peu près normale. Entre deux balades sur la plage pendant lesquelles la splendeur du paysage breton parvient à m'apaiser quelques instants, je cherche la moindre occasion pour tenter de me saisir de son téléphone, mais, à moins de me lever la nuit, ce que je me refuse à faire, je n'en trouve aucune. Je trouve le moyen d'éviter tout rapprochement intime parce que dans l'état dans lequel je suis, ça me semble absolument impossible, je ne pourrais pas. Heureusement, nous avons consommé les retrouvailles le premier jour, ce qui permet de quand même conférer le label « amoureux » à ce week-end qui n'en finit pas. Je n'aborde finalement pas la question du renouvellement de mon remplacement.

Chapitre 22

Je consacre les jours suivants à me concentrer sur mon travail. J'ai tout raconté à Bernadette et elle ne sait que penser. Elle se retrouve avec Sébastien dans la même situation que moi avec Frédéric. Peut-être même pire, puisqu'elle n'a aucune légitimité pour l'interroger sur sa rencontre avec Frédéric. Il lui reste tout de même la possibilité de mettre la main sur le téléphone de Sébastien, mais c'est loin d'être évident. Elle m'assure qu'elle l'a observé faire son code et qu'elle l'a retenu, donc de ce côté-là pas de problème, mais encore faut-il mettre la main sur le téléphone. On ne quitte plus ces petits appareils qui nous sont devenus quasiment vitaux.

En sortant de notre cours de Pilates, le mercredi suivant, j'ai plus que jamais besoin de l'oreille attentive et bienveillante de Jonathan. Nos emplois du temps respectifs nous ont empêchés de pouvoir nous parler avant, j'ai juste eu le temps de lui dire que le week-end avait été horrible. Nous nous retrouvons à notre table habituelle au Café Da c'hortoz.

— Alors, qu'est-ce qui s'est passé de si horrible pendant ce week-end ? me demande-t-il, visiblement impatient d'en apprendre davantage.

Je lui raconte tout, enfin, sauf les épisodes d'intimité parce que ça me mettrait mal à l'aise et sans doute que lui aussi. Il a un air compatissant, mais je suis certaine qu'il se dit que je n'ai aucune raison de rester avec un homme en qui je n'ai pas confiance. Je le remercie intérieurement d'avoir l'élégance de ne rien dire. C'est aussi pour ça que je l'apprécie. Ça fait vraiment bizarre qu'il ne dise rien, ce n'est pas dans ses habitudes, normalement il s'exprime, doucement et sans jugement, mais il me donne son opinion, alors que là, rien. Pour sortir de cette impasse, je lui dis que Delphine m'a proposé de continuer le remplacement pour encore un an. Il ouvre enfin la bouche.

— Eh, mais c'est super, ça !

Mais vu la tête que je fais, il comprend que je ne suis pas certaine d'accepter.

— Tu vas accepter ?

— Je ne sais pas encore.

— Tu ne peux pas laisser passer une telle opportunité !

— Ce n'est pas aussi évident que tu sembles le croire ! Ça revient à choisir entre une année supplémentaire de travail ou ma relation avec Frédéric. Et puis même si un remplacement aussi long est intéressant, ça reste un simple remplacement loin de chez moi. Au bout du compte, je risque de me retrouver sans poste et sans amoureux.

Il se replie dans le silence, puis me dit qu'il doit s'en aller, qu'il a un rendez-vous. Il me fait la bise et part.

Décontenancée par la réaction de Jonathan, je rentre chez moi et prends mon courrier avant de monter à mon appartement. Au milieu de prospectus, une enveloppe blanche avec, en haut à gauche, le nom et les armoiries du rectorat… Mon cœur s'arrête une seconde, puis se remet à battre de façon désordonnée. Je m'oblige à d'abord entrer dans mon appartement avant de l'ouvrir. Je croise le sosie de Matthew McConaughey dans l'escalier. J'entre, tente de me donner une contenance puis décachette l'enveloppe. Mes yeux sont incapables de lire les phrases dans l'ordre, je tente de tout lire en même temps en recherchant les mots qui pourraient me renseigner sur mon sort, mais c'est bien connu, la méthode de lecture globale n'a jamais fonctionné. Je recommence, je suis bien obligée de lire ce courrier tel qu'il a été écrit.

« Madame,

J'ai l'honneur (*ne pas se réjouir prématurément de cette formulation, elle peut être trompeuse, ne pas confondre avec "j'ai le plaisir" qui seul est de bon augure*) de vous faire savoir que l'enquête qui a été menée par nos services sur vos aptitudes à assurer la sécurité de vos élèves a abouti à des conclusions favorables (*favorables pour eux ou pour moi ?*). Aucune sanction ne sera retenue contre vous (*ouf !*). Veuillez cependant noter que cette enquête sera ajoutée à votre dossier d'enseignant et pourra être consultée par toute personne y ayant accès.

Veuillez agréer… »

Bon, pas de sanction, c'est la bonne nouvelle, la trace de l'enquête à mon dossier, c'est moins drôle, mais le plus important c'est que je ne suis pas sanctionnée et je vais pouvoir partir en classe verte. Et vlan dans les dents, « mademoiselle Thibeault » ! Et Sophie Bellemare ! J'ai envie d'annoncer la bonne nouvelle à quelqu'un, mais je ne sais pas à qui : pas Frédéric, pas Jonathan. Bernadette ? Pourquoi pas, même si en ce moment elle est plutôt intéressée par le côté « filature » de ma vie. Je vais frapper à la porte de Xavier, mais il ne me répond pas. Je lui envoie un texto :

« Salut, Xavier, bonne nouvelle, pas de sanction de la part du rectorat ! Je suis tellement soulagée. Merci pour ton soutien. »

« Super, j'en étais sûr ! Il faudra fêter ça ! »

« Sûr ! »

J'ai vraiment envie de partager cette bonne nouvelle avec quelqu'un, alors je téléphone à Bernadette. Je tombe sur son répondeur. Je lui laisse un message pour lui annoncer. J'envoie quand même un message à Frédéric, qui me répond qu'il n'a jamais douté que le rectorat reconnaîtrait que je suis une bonne maîtresse. Reste Jonathan. Son attitude étrange de tout à l'heure m'incite à ne pas l'appeler, mais je n'ai pas envie qu'on reste sur un froid tous les deux. Au lieu de l'appeler, je lui envoie à lui aussi un message :

« Je suis blanchie par le rectorat !!! »

« Cool, on va pouvoir préparer la classe verte sereinement. »

Et c'est tout. Je le trouve un peu froid, alors je renonce à lui envoyer un message du genre « Je vois la vie en rose » pour poursuivre sur le thème des couleurs comme j'en ai d'abord l'idée (« blanchie », « verte »…), mais je n'ai aucune raison d'être surprise, vu son attitude de tout à l'heure.

Puis, Bernadette me rappelle.

— Bravo ma chérie, pour les résultats de l'enquête !

— Merci, je suis si soulagée !

— Il y a de quoi.

— Mais j'ai un autre petit souci.

— Quoi donc ?

— On me propose de continuer le remplacement pour une année supplémentaire.

— Eh ben, gros souci, en effet ! Qu'est-ce que ce serait si on te mettait à la porte ?

— Non, je sais que c'est une bonne nouvelle objectivement, mais je suis un peu embêtée à cause de Frédéric.

— Il le prend mal ?

— Je ne lui en ai pas parlé encore.

— Et qu'attends-tu pour le faire ?

— J'attends de savoir si je peux toujours lui faire confiance, s'il a vraiment demandé à ce Sébastien de me filer, si les relations qu'il entretient avec cette Félicie sont strictement professionnelles…

— Et quand sauras-tu tout ça ?

— Quand tu auras fouillé le téléphone de Sébastien, je saurai ce qu'il en est de l'espionnage, enfin je l'espère, et pour Félicie, je verrai en temps et lieu. Le problème c'est que je dois donner une réponse rapidement pour le remplacement.

— Tu sais Émilie, j'ai toujours trouvé que Frédéric est un garçon adorable, sympathique, bien élevé, propre sur lui et j'en passe. Mais je pense que quand on se retrouve à devoir espionner ou faire espionner quelqu'un pour s'assurer de sa bonne conduite, c'est que la confiance n'est plus là, même si je dois avouer que ça m'amuse bien de jouer les espionnes. J'ajoute que peu importe ce qu'on découvre ou ne découvre pas, le simple fait d'en arriver là devrait nous alerter sur nos sentiments. Et je parle autant pour lui que pour toi, même si nous n'avons pas la preuve qu'il t'a fait suivre.

— Je croirais entendre Jonathan !

— Jonathan et moi avons ceci en commun que nous sommes pleins de sagesse ! Et nous avons aussi en commun de vouloir ton bonheur, bien que je soupçonne que dans le cas de Jonathan, il s'imagine en être un des acteurs principaux.

— Ne recommence pas avec ça !

— OK, OK…

— Mais je pense que vous avez raison. Je crois que ma décision est prise. Je vais accepter la prolongation du contrat, je vais l'annoncer à Frédéric et je verrai bien la tournure que prendra notre relation.

— Je pense que c'est ce qu'il y a de mieux à faire. Allez, courage, je suis avec toi.

— Merci, Bernadette, je ne sais pas ce que je ferais sans toi.

— Pitié, tu ferais pitié ! lance-t-elle dans un grand rire.

Je raccroche et appelle immédiatement Frédéric, sans même prendre le temps de réfléchir à la façon dont je vais lui présenter les choses.

— Eh, salut, ma chérie, super nouvelle pour l'enquête du rectorat !

— Oui, c'est vrai, je respire enfin. Mais il y a autre chose dont je voudrais te parler.

— Je t'écoute.

— On me propose de prolonger mon contrat pour une année supplémentaire et je compte accepter.

— Tu n'es pas sérieuse.

— Très sérieuse. Je ne peux pas refuser une telle opportunité et je suis heureuse dans cette école et dans cette ville.

— Mais on était d'accord que ce n'était que pour un an.

— Non, on n'a jamais dit ça. Au départ, ça devait n'être que pour un an, c'est vrai, alors on ne s'est pas posé la question. C'est maintenant que la question se pose.

— Tu peux très bien trouver des remplacements dans le Sud, comme tu l'as fait les années précédentes. Même s'il y a des périodes creuses, je peux assumer financièrement pour nous deux.

— Je ne veux pas dépendre de toi ! Ni de personne d'autre, d'ailleurs. Et c'est inespéré un deuxième remplacement aussi long. Ça allongerait mon ancienneté et pourrait accélérer ma titularisation.

— Si c'est pour être titularisée en Bretagne, je ne vois pas l'intérêt.

— Mais non, une fois l'expérience acquise, je peux changer de région.

— C'est à cause de ce Jonathan, c'est ça ? Ou de ton voisin dragueur ?

— Non, Frédéric, c'est parce qu'on me propose un travail qui me plaît et qui ne peut être que positif pour mon avenir professionnel et que même si je sais que les relations à distance sont compliquées, je pense qu'un véritable amour partagé et sincère peut y survivre. À nous de voir si c'est bien notre cas.

— Et toi, qu'en penses-tu ?

— Je ne sais pas encore.

— Bon, tu fais comme tu veux.

— Oui.

Chapitre 23

Ma décision étant prise, ce n'est pas la peine de faire traîner les choses. Dès le lundi matin, je m'arrange pour arriver plus tôt à l'école afin de pouvoir parler avec ma directrice, d'autant que je dois aussi lui faire part de la décision du rectorat. Elle me dit qu'elle est ravie de ma décision et pas du tout surprise de celle du rectorat puisque quant à elle il n'aurait jamais dû y avoir plainte et enquête. J'annonce dans la foulée à Jonathan que j'accepte le remplacement, il me dit qu'il est certain que j'ai pris la bonne décision, mais se montre toujours aussi distant.

Il y a un moment que je n'ai pas eu de nouvelles de Xavier et le soir en rentrant, sans trop d'espoir je toque à sa porte. C'est le sosie de Matthew McConaughey qui vient m'ouvrir.

— Bonjour, me dit-il.

— Bonjour, lui réponds-je. Excusez-moi de vous déranger, je suis une voisine et je voulais juste prendre des nouvelles de Xavier.

— Ah, je suis désolé, mais Xavier est en déplacement. Je lui dirai que sa charmante voisine est venue prendre de ses nouvelles.

— Émilie, je m'appelle Émilie.

— Alors je lui dirai que sa charmante voisine Émilie est passée prendre de ses nouvelles.

— Oui, merci, c'est très gentil.

J'hésite un moment, puis je pose la question qui me brûle les lèvres.

— Je ne voudrais surtout pas me montrer indiscrète, mais êtes-vous le frère de Xavier ?

Il éclate d'un rire tonitruant. Je ne comprends pas ce qu'il y a de si drôle à ma supposition. Il a un peu la même façon de parler que Xavier, ça pourrait être un trait de famille.

— Pas du tout, me répond-il, je suis… un ami que Xavier héberge de façon provisoire. Je m'appelle…

— Mathieu ? l'interromps-je.

— Pas du tout, pourquoi Mathieu ? Il vous a parlé d'un Mathieu ? me demande-t-il d'un air suspicieux.

— Non, jamais, j'ai dit ça comme ça. J'aime bien tenter de deviner le nom des gens.

— Et vous trouvez souvent ?

— Très rarement.

— Eh bien, à quelques lettres près vous y étiez, je m'appelle Julien.

— Ah, d'accord, lui dis-je confuse. Eh bien, je vous souhaite une bonne soirée, Julien, j'ai été ravie de faire votre connaissance.

— Tout le plaisir est pour moi, Émilie. Xavier ne m'avait pas dit qu'il avait une aussi charmante voisine.

— Peut-être n'est-il pas de cet avis.

— Oh, ça m'étonnerait !

— Merci pour le compliment et au revoir.

Je rentre chez moi au moment même où je reçois un appel de Bernadette.

— Bonsoir, ma chérie, comment ça va ?

— Salut, Bernadette, pas mal, et toi ?

— Oh, tu sais, à mon âge, rien que le fait d'être en vie c'est déjà une victoire.

— N'importe quoi !

— Oui, un peu je l'avoue ! dit-elle en riant. Je t'appelle dans le cadre de la poursuite de mon enquête. Je viens de m'apercevoir qu'il manque un élément important au dossier.

— Quoi donc ? lui demandé-je, amusée par le ton très professionnel qu'elle emploie.

— Tu ne m'as jamais dit ce que fait ton Frédéric exactement comme travail chez Mistraline.

— Alors, déjà, « mon Frédéric », ça devient de moins en moins sûr. Et sinon, il est responsable de la recherche et du développement.

— Et est-ce que dans le cadre de son travail il est amené à être en contact avec des consultants ?

— Pas à ma connaissance, mais il ne me parle pas beaucoup de son travail parce qu'il est tenu à une clause de confidentialité très stricte. Et puis ça veut dire quoi, consultant ? C'est très vague comme concept, non ? Pourquoi tu me demandes ça, Sébastien est consultant ?

— Je pense que oui.

— Mais dans quel domaine ? C'est étrange pour quelqu'un qui est à son compte qu'on ne trouve pas plus de traces de lui sur Internet.

— Je ne sais pas dans quel domaine. Et il n'a pas forcément besoin d'être sur Internet. Si ses clients sont des sociétés, c'est plutôt le bouche-à-oreille qui fonctionne. De toute façon, ça n'a aucune importance, c'était juste une idée comme ça. Et puis, tout sera bientôt éclairci puisque je vais m'introduire chez Sébastien.

— Quoi ? Mais tu es folle !

— Non, et je vais même m'introduire chez lui avec sa permission.

— Qu'est-ce que tu as encore manigancé ?

— Sébastien s'est absenté pour quelques jours et je lui ai proposé d'aller nourrir son chat pendant ce temps.

— Bravo, mais ça ne veut pas dire que tu trouveras ce qu'on cherche. De nos jours, tout est dans les ordinateurs et les téléphones.

— Je sais bien, mais je peux toujours essayer. C'est inespéré.

— Et tu y vas quand ?

— Demain.

— Parfait, n'oublie pas de nourrir le chat et tiens-moi au courant.

— Bien sûr.

Après cette conversation avec Bernadette, je retrouve l'espoir de pouvoir enfin savoir ce qu'il en est de cette filature présumée. À vrai dire, je suis surexcitée, partagée entre la crainte d'apprendre que Frédéric m'a fait suivre et la quasi-conviction qu'il n'en est rien et que j'en aurai bientôt la confirmation. Même si l'avenir de notre relation me paraît bien compromis, je préférerais savoir que l'homme avec qui j'ai partagé deux années de ma vie n'est pas du genre à s'abaisser à me faire suivre.

Je décide d'aller faire un tour pour m'éclaircir les idées. Je me retrouve sans m'en apercevoir au Café Da c'hortoz. Je m'installe seule à une table située non loin du bar et commande un verre de vin. Il n'y a pas grand monde dans l'établissement. Élouan m'apporte ma consommation et me demande :

— Alors, belle demoiselle du Sud, vous avez l'air bien tristounette ? Qu'est-ce qui se passe ? Des soucis de cœur ? Pourtant, j'ai vu que votre fiancé était venu vous rendre visite il n'y a pas longtemps.

— Vraiment, vous l'avez vu ? Je suis surprise. D'une part parce que je ne savais pas que vous le connaissiez et d'autre part parce qu'il est passé en coup de vent et n'est resté que quelques minutes en ville.

— Ah, mais vous savez, si je l'ai vu une fois, jamais je n'oublierai son visage. Ça fait partie des secrets pour réussir dans le commerce, être attentif aux clients. Vous êtes venue avec lui et la belle Bernadette une fois, alors je me souviens de lui.

— Et ça fait aussi partie des secrets de réussite dans le commerce de dire aux clientes qu'elles sont belles ?

— Oui, ça aide à fidéliser, dit-il en souriant. Mais dans le cas de vous et madame Bernadette, c'est sincère.

Il me fait un clin d'œil et je lui souris.

— Et puis votre petit copain n'est peut-être pas resté longtemps, mais disons qu'il s'est bien fait remarquer.

— Qu'est-ce que vous voulez dire, Élouan ?

— Il était avec un autre type, assis à la table là-bas et ils n'avaient pas l'air de roucouler tous les deux, si vous voyez ce que je veux dire.

— Non, à vrai dire je ne vois pas très bien. J'aurais même plutôt été choquée si vous m'aviez dit avoir vu Frédéric en train de roucouler avec un homme.

— C'est une façon de parler, c'est manière de dire qu'ils n'avaient pas l'air très très d'accord tous les deux.

— Vous m'intriguez Élouan, de quoi parlaient-ils ?

— C'est pas trop le genre de la maison d'espionner les clients. Et puis ils étaient trop loin pour que je puisse bien entendre, mais j'entendais votre Frédéric dire à l'autre gars : « Tu te fous de ma gueule ? », mais l'autre répondait moins fort, ce qui fait que j'ai pas entendu.

— Vous ne savez pas du tout de quoi ils parlaient ?

— Il me semble que votre copain disait un truc dans le genre : « Qu'est-ce qui me prouve que t'as fait le boulot ? »

Chapitre 24

Je suis impatiente d'avoir des nouvelles de Bernadette même si je doute qu'elle trouve quoi que ce soit. Juste à ce moment, on sonne à la porte, c'est elle. Elle entre chez moi, un sac de courses réutilisable et échangeable à vie de chez Interfour à la main et en sort une pochette à élastique sur laquelle il est écrit « Finis Terrae ».

— Voilà ce que j'ai trouvé chez Sébastien.

— Je sais ce que c'est, Finis Terrae, c'est une gamme de produits de soins, j'ai reçu une crème pour le corps de cette marque de la part d'un de mes élèves pour Noël.

— Oui, je te remercie, je connais aussi, c'est un monument, ici en Bretagne.

— Exactement comme Mistraline pour le Sud, pour qui Frédéric travaille ! Toute une coïncidence.

— Oui, c'est bien pour ça que j'ai pris le dossier avec moi.

— Et ça ne me revient que maintenant, mais je me rappelle que quand Frédéric a vu le tube de crème, il m'a fait toute une histoire, il m'a accusée de le trahir. J'ai été obligée de lui expliquer que c'était un cadeau, que je n'avais jamais signé de contrat d'exclusivité avec Mistraline et que j'avais bien le droit d'utiliser les produits des marques de mon choix. J'avais trouvé ça bizarre parce qu'il ne m'avait jamais fait de remarques de ce genre auparavant. Il est vrai que depuis que je suis avec lui, je suis inondée de produits Mistraline, donc aucun besoin d'acheter quoi que ce soit.

— C'est peut-être de la jalousie mal placée.

— Et il y a quoi dans ce dossier ?

— Regarde, des pages et des pages de formules chimiques et de mots en latin. Attends, regarde cette photo.

— Ce sont petits pots de crème pour le visage, on dirait bien.

Son téléphone se met à sonner.

— C'est Sébastien. Allo ? Oui, tout va bien et toi ? Oui, oui, Frisson se porte à merveille. Ah bon ? Il faut que je te rende tes clés, alors.

Elle met sa main sur son téléphone et, l'air affolé, me chuchote qu'il rentre plus tôt que prévu.

— Oui, on fait comme ça, je t'embrasse, Sébastien.

Elle raccroche et pose son téléphone.

— Bon, il est en route, il sera là dans une heure, il faut que je ramène le dossier ! Mais il faut le photocopier avant.

— Je pense que ça sera plus rapide de photographier les pages.

— Oui, tu as raison.

Elle sépare la pile de feuilles en deux et nous commençons à faire les photos. Au bout de plusieurs interminables minutes, elle finit par partir, avec mon vélo pour aller plus vite. Je suis très nerveuse, je crains qu'elle n'arrive pas avant lui. Je tourne en rond dans mon appartement lorsque mon œil remarque sur la table la feuille avec les photos des pots de crème. Noooonnn ! Elle l'a oubliée. Je m'empresse de la photographier avant de la mettre dans une pochette et je sors en courant de l'appartement. Je renverse presque madame Miller qui arrive lorsque je sors de l'immeuble. Je m'excuse à peine. Je n'ai pas réfléchi à ma stratégie, mais je réalise vite que ce n'est pas la peine de courir, jamais je ne pourrai rattraper Bernadette. Heureusement qu'elle m'a dit où Sébastien habitait et que le bus 18 qui va dans cette direction arrive au même moment. Je saute dedans et j'essaie de me calmer tout en maudissant intérieurement les innombrables feux rouges et la circulation qui avance au ralenti. Je finis par arriver à destination et je vois mon vélo attaché à un poteau. Je téléphone à Bernadette.

— Oui, Émilie, je viens juste d'arriver, c'est bon.

— Non, ce n'est pas bon, tu as oublié la page avec les photos ! Je te l'ai apportée et suis en bas de chez Sébastien, viens la chercher.

— J'arrive.

Deux minutes après, Bernadette est devant moi, elle récupère la page, la cache à l'intérieur de sa veste et remonte aussitôt. Je m'éloigne pour ne pas risquer d'être vue par Sébastien. Je croise un homme qui porte un sac de voyage à la main, nos regards se croisent, puis se fuient. Il s'engouffre dans l'immeuble dans lequel Bernadette vient d'entrer. C'est certainement lui. Je me mets un peu à l'écart pour attendre Bernadette afin de savoir comment ça s'est passé.

Elle ressort au bout de 15 minutes et je lui fais signe de venir me retrouver, ce qu'elle fait après avoir récupéré mon vélo.

— Ouf ! C'était moins une ! dit-elle le regard pétillant.

— Je n'ose pas imaginer ce qui se serait passé si tu étais arrivée après lui.

— Ah, c'est certain que ça aurait été plus embêtant, mais j'aurais bien trouvé une solution.

— Il n'a pas trouvé ça étrange, que tu sois entrée dans son appartement pour l'attendre ?

— Non, je lui ai dit que je tenais à m'assurer que tout était en ordre et que Frisson n'avait pas fait de bêtises. J'en ai profité pour changer la litière.

— Quel sang-froid ! Moi, j'étais morte de trouille.

— Quand tu auras vécu autant de choses que moi, tu prendras les choses plus calmement.

— Ou pas.

— Mais si.

— Bon, alors si on se résume, on sait que Sébastien a en sa possession un dossier concernant vraisemblablement des secrets de fabrication de produits Finis Terrae. Il a des contacts avec Frédéric qui lui-même travaille chez Mistraline. Les deux entreprises fabriquent des produits de soins et jouent la carte de l'identité régionale, ce qui fait que ce ne sont pas exactement des concurrentes.

— Un peu quand même, parce que des boutiques Mistraline, on en trouve partout au pays et même à l'étranger.

— Oui, c'est vrai.

Nous retournons chez moi pour continuer le débriefing de cette opération, mais sans arriver à trouver une explication cohérente.

À la récré le matin suivant, je suis avec Jonathan. Même s'il se montre distant avec moi depuis quelque temps, j'ai envie de lui raconter la découverte de Bernadette, ce que je fais. Il me demande de lui montrer les photos.

— Tu t'y connais en chimie ? lui demandé-je, ne sachant trop comment l'aborder.

— Un peu, répond-il, à ma grande surprise, évasif.

— Comment ça se fait ?

— Eh bien, quand j'étais au Québec j'étudiais en sciences pures.

— Ah bon, il y a donc des sciences impures ?

— On appelle ça comme ça par opposition aux sciences humaines, répond-il sur un ton las, comme s'il avait prononcé cette phrase des centaines de fois. C'est la terminologie qu'on utilise au Québec.

— Et comment as-tu pu devenir maître d'école, quel changement d'orientation !

— C'était la galère de faire reconnaître mon diplôme ici. Et j'étais amoureux, je voulais rester avec Sophie, alors j'ai choisi cette voie. Je suis du genre à pouvoir faire des choses assez extrêmes, par amour…

— Je vois ça ! Tu ne m'avais jamais raconté ça. Il y a encore beaucoup de choses que j'ignore de toi ?

— Ben, je dirais une ou deux…

— Dis-moi, alors !

— Chaque chose en son temps. Montre-moi ces photos que j'y jette un coup d'œil.

Il regarde ma partie des photos du dossier Finis Terrae, c'est-à-dire la moitié, l'autre partie ayant été photographiée par Bernadette. Il passe plusieurs secondes à observer et il finit par me dire :

— Ce sont des éléments qui peuvent classiquement entrer dans la composition de produits de soins, type crème pour le visage ou le corps. Mais il y a un ingrédient plus original, je ne peux pas dire ce que c'est, il faudrait que je fasse des recherches.

— Et tu accepterais de le faire ?

— Est-ce que je t'ai déjà refusé quelque chose ?

— Il y a un début à tout.

Chapitre 25

Le départ en classe verte approche à grands pas et je me plonge dans les préparatifs. Ça me permet de me tenir l'esprit occupé et de ne pas penser à Frédéric, mais c'est beaucoup de travail et je commence à me demander si j'ai bien fait de me lancer dans cette aventure, avec Jonathan en plus, alors que les relations entre nous se sont beaucoup rafraîchies. Je pense aussi à la responsabilité que cela entraîne. J'ai quand même réussi à « égarer » un enfant lors d'une simple visite au zoo, qui sait ce qui peut arriver pendant toute une semaine en pleine forêt de Brocéliande ? Je m'égare, la classe verte ne se déroule pas du tout dans la forêt de Brocéliande, mais cette histoire de responsabilité me pèse réellement. J'ai tellement voulu convaincre tout le monde que l'incident du zoo n'était pas grave que j'en suis arrivée à me croire moi-même, mais avec le recul, je ne suis pas loin de donner raison à « mademoiselle Thibault ». Le rectorat a déjà fait une enquête sur moi, s'il arrive le moindre incident je n'ai plus qu'à revoir mon plan de carrière. Et puis les relations un peu tendues avec Jonathan ne sont pas faites pour me rassurer. J'aurais préféré partir dans un climat plus serein.

Je dois compléter mon trousseau de monitrice de centre aéré, alors je me rends chez « Pentathlon moderne ». En sortant de mon appartement, je tombe sur Xavier dont je n'ai aucune nouvelle depuis un long moment.

— Eh, salut voisine, ça fait des lustres ! Comment tu vas ?

— Bien, bien et toi ?

— Ça roule.

— Il faudrait bien qu'on se fasse un petit apéro un de ces jours.

— Avec plaisir.

— Bon, je te laisse, je vais chez « Pentathlon moderne » pour m'équiper pour la classe verte.

— Oh, je peux venir avec toi ? Il faut que je m'achète de nouvelles chaussures pour courir.

— Mais oui, on y va ensemble, on pourra papoter. Tu es adepte de course, alors ? Mon fiancé aussi. Je ne comprends pas l'intérêt de la course à pied.

— Bah, c'est une façon de se tenir en forme et puis ça vide l'esprit.

— Ah, si ça vide l'esprit, je devrais m'y mettre.

Nous nous dirigeons vers le magasin tout en continuant à parler de choses et d'autres.

— Au fait, j'ai fait la connaissance de ton coloc, l'autre jour.

— Oui, oui, il m'en a parlé.

— Je l'ai bien fait rigoler parce qu'au départ je croyais que c'était ton frère.

— Il ne m'a pas raconté ça.

— Je ne vois pas ce qu'il y a de si drôle à imaginer que vous soyez frères. Vous ne vous ressemblez peut-être pas, mais vous êtes tous les deux plutôt beaux gosses. Des gueules d'acteurs de cinéma !

— Tu exagères, mais merci pour le compliment.

— On ne t'a jamais parlé de ta ressemblance avec Javier Bardem et Jeffrey Dean Morgan ?

— Non, jamais. Et ces deux-là se ressemblent entre eux ou bien j'ai le haut du visage de l'un et le bas de celui de l'autre ?

— Ce sont des sosies, je les appelle les beaux acteurs à fossettes… Il y en a un qui est Espagnol, l'autre Américain, tu pourrais être le Francais du groupe ! Et ton copain ressemble à Matthew McConaughey.

— Je ne vois pas qui c'est, il faudrait que je regarde sur Internet.

— Tu ne vas jamais au cinéma, en fait ?

— Ça m'arrive, mais je ne retiens pas le nom des acteurs.

— Quand tu m'as dit que tu t'appelais Xavier, j'ai cru que tu plaisantais : Javier, Xavier… Je trouve souvent des ressemblances que les autres ne voient pas. C'est parce que je suis physionomiste, j'observe beaucoup les visages. Et alors, ce coloc, c'est un ami de longue date ?

— Pas tellement, non, dit-il l'air soudainement embarrassé.

— Bon, OK, j'ai compris, tu n'as pas envie d'en parler. Il squatte chez toi, tu n'arrives plus à t'en débarrasser et ça te gonfle, c'est ça ?

— Non, ce n'est pas ça, c'est que…

— C'est que quoi ?

— Comment te dire, ce n'est pas un simple coloc…

Je comprends soudainement !

— Ah, d'accord ! Excuse-moi, je tombe un peu des nues, je ne savais pas que tu étais…

— Je ne suis pas… Mais disons que je ne mets aucune barrière.

— Aucune barrière… Je comprends.

Voici donc le moment où on redistribue les rôles. Alors que depuis le début, je voyais Jonathan dans le rôle du meilleur ami gay, la distribution comprend plutôt un meilleur ami bi et c'est Xavier qui l'interprète. Une fois la surprise passée, je me remémore des moments entre nous où j'ai senti qu'il n'en fallait pas beaucoup pour qu'il se passe quelque chose. Mais, c'est normal, puisqu'il ne met aucune barrière ! C'est la première fois que je rencontre une personne qui se déclare ouvertement bisexuelle. Bon, il est vrai qu'on n'aborde pas forcément la question de l'orientation sexuelle avec tout le monde. Puis ouvertement, c'est une façon de parler, j'ai quand même dû lui tirer les vers du nez. Bon, la seule chose pertinente à retenir c'est qu'il est en couple, peu importe avec qui.

— Eh bien, il faudra qu'on se fasse un apéro pour que tu me le présentes officiellement. Sans vouloir être indiscrète, est-ce que « mademoiselle Thibault » et Léo sont au courant ?

— Je préfère ne pas en parler à Léo pour l'instant, pour lui Julien est un ami que j'héberge provisoirement, ce qui est vrai, d'ailleurs, on n'a pas encore décidé d'habiter ensemble de façon définitive, il se cherche un appartement parce qu'il a dû quitter quelqu'un de façon précipitée.

— Ça me rappelle quelque chose…

— Et pour Alexandra, ça ne la regarde pas tant que ça ne devient pas plus sérieux et que ça ne concerne pas Léo, mais elle ne sera pas surprise, tu vois ?

— Oui, oui, je vois.

Je n'avais jamais envisagé les choses en termes de barrières ! Pour ma part, tout ce que j'ai vécu est d'une profonde banalité et je n'ai jamais eu la moindre envie d'autre chose. Mais, au rythme où vont les choses, je risque de me retrouver dans un grand désert de ce côté-là, il sera peut-être alors temps d'étudier cette histoire de barrière.

Une fois nos achats complétés, nous retournons vers notre immeuble et rentrons chacun chez soi, juste au moment où mon téléphone annonce un appel de Jonathan.

— Oui, Jonathan, bonjour.

— Bonjour, Émilie, j'ai les informations que tu m'as demandées, je suis près de chez toi, je peux passer ?

— Mais oui, j'arrive à l'instant.

5 minutes plus tard, il sonne à ma porte.

— Alors, dis-moi ce que tu as trouvé.

— Les éléments que je n'arrivais pas à identifier, ce sont des algues.

— Des algues ?

— Oui.

— Qu'est-ce que des algues viennent faire dans de la crème pour le visage ?

— Il s'agit peut-être d'algues qui ont des vertus particulières. Bon, je vais aller droit au but, j'ai la preuve que Frédéric est malhonnête !

— Voyez-vous ça ? Je l'ai soupçonné de m'espionner, pas d'être malhonnête. Explique-moi.

— Premièrement, faire suivre sa petite amie, ce n'est pas le signe d'une grande honnêteté.

— Oui, je connais ton opinion à ce sujet. Alors, il l'a fait ou pas ? Viens-en au fait.

— Déjà, je sais qu'il a payé quelqu'un pour obtenir des secrets commerciaux.

— Et on peut savoir comment tu sais ça ?

— Ce serait trop long à expliquer. Mais ce dossier que Bernadette a trouvé chez Plantin, c'est quand même un gros indice, non ?

— Tu me balances ça comme ça et tu voudrais que je te croie sur parole. Tu divagues complètement. Si tu as des preuves, je veux les connaître et savoir comment tu les as obtenues. Rien ne prouve que ce dossier a un rapport avec Frédéric.

— Bon, ce n'est pas très glorieux la façon dont je les ai obtenues, mais j'en avais marre de te voir tergiverser et d'attendre que les plans foireux de Bernadette aboutissent à quelque chose. Alors j'ai décidé d'agir de mon côté.

— En faisant quoi ?

— En piratant la messagerie de Frédéric.

— Quoi ? Mais comment as-tu pu faire ça ? Je ne te savais pas *hacker*.

— J'ai eu de l'aide d'un de mes anciens élèves à qui je donne un coup de main pour ses devoirs de temps en temps et qui se débrouille plutôt bien en informatique. Je n'ai absolument pas compris comment il avait fait, mais pour lui ça semblait un jeu d'enfant. Il m'a dit que Frédéric ne respectait pas les règles élémentaires de sécurité de sa messagerie.

— Mais tu te rends compte de ce que tu as fait ?

— Oui, et je n'en suis pas fier, mais je n'en pouvais plus de te voir dans l'incertitude comme ça. Et ce que j'ai trouvé montre bien que j'ai bien fait de chercher puisque j'ai trouvé.

— Quelles sont les preuves, alors ?

— Des messages dans lesquels il propose de l'argent en échange de renseignements industriels.

— À qui ?

— À diverses personnes, dont Sébastien Plantin. En fait, ils sont en contact régulier depuis quelques mois. Ce Plantin semble avoir accès à des informations confidentielles chez un concurrent de la boîte qui emploie Frédéric et il les lui vend.

— Je ne peux pas croire ce que tu me dis. Ça ne ressemble pas du tout à Frédéric.

— Il faut croire qu'il a bien caché son jeu.

— Et tant qu'on y est, il n'y aurait pas aussi des mails échangés avec une certaine Félicie, par hasard ?

— Non, je n'ai rien remarqué de tel. Il faut dire que ce n'est pas ce que je cherchais. Par contre, pour l'autre truc…

Il sort de la poche de sa chemise une feuille de papier pliée en 4 et me la tend.

« De : Frédéric fred.baudoin@chaudcourrier.com

À : Sébastien sébastien.plantin@youpi.fr

Salut Sébastien,

Comme convenu, voici des photos d'Émilie. Son adresse est le 24, rue Plohendec.

J'espère que tu ne trouveras rien pour ce dossier, mais j'attends de tes nouvelles,

Fred »

Je n'ai pas les pièces jointes, mais ce n'est pas nécessaire, je suis suffisamment sous le choc comme ça.

— Je suis désolé, me dit Jonathan.

— Et qu'est-ce qui me prouve que ce document n'est pas un faux ? Parce que c'est étrange, tu ne trouves pas ? Tu as toujours toutes les solutions à tout. Tu as un pote au rectorat qui retrouve la plainte portant la signature de Xavier, tu as des connaissances en chimie qui te permettent de déchiffrer des formules hypercompliquées et finalement, tu me sors de ta manche un mail qui prouverait que Frédéric m'a bel et bien fait suivre. Tu ne trouves pas que ça commence à faire beaucoup ?

— Oui, Émilie, je le sais. Pour le rectorat et la chimie, ce ne sont que des hasards, je te le jure. Pour le piratage, je te répète que je n'en suis pas fier. Je pourrais aller en prison pour ça. Il suffit que tu me dénonces et c'est probablement ce qui va arriver, bon, allez, au moins une bonne amende. Mais quelle sorte d'ami je serais si je n'avais pas fait tout ce qui est possible pour que tu connaisses la vérité ? Bernadette aussi a franchi la ligne de légalité et pris des risques pour toi. Nous avons agi par amitié pour toi. Le risque, et j'en suis conscient, c'est que tu te dises que si nous sommes capables de contrevenir à la loi, nous ne sommes peut-être pas des personnes franches et honnêtes et dignes de ta confiance, mais je pense que tu te tromperais en pensant cela. Je sais que pour toi l'honnêteté est une valeur fondamentale, mais n'as-tu pas, toi aussi, pris des libertés avec la vérité, as-tu toujours dit à Frédéric que tu passais les soirées avec moi ou avec Xavier ?

— Oui, tu as raison, je m'aperçois de plus en plus qu'il est impossible d'éviter totalement le mensonge. Mais franchement, il n'a rien dû trouver, ce Sébastien Plantin en me suivant.

— Eh bien, il a peut-être pensé que tu avais passé la nuit chez moi la fois où nous sommes sortis par-derrière pour l'éviter.

— Mais Frédéric n'y a jamais fait aucune allusion.

— Peut-être que ton espion a eu pitié de toi et n'a rien dit.

Chapitre 26

Ça y est, le grand départ pour la classe verte a lieu demain. Je pense qu'il est préférable d'avoir une conversation avec Frédéric tout de suite pour pouvoir partir l'esprit tranquille. J'ai évidemment décidé de le quitter. Même si la situation fait que je ne peux pas mettre les choses à plat avec lui, puisque je ne peux pas lui avouer que Bernadette a espionné Sébastien et que Jonathan a piraté sa messagerie, je n'ai pas d'autre choix que le quitter. Jonathan et Bernadette avaient raison, quand on commence à être suspicieux avec la personne qui partage notre vie, c'est qu'il y a un problème. Il me revient à l'esprit plusieurs petits détails qui me font croire que Frédéric n'a pas confiance en moi et cherche à me contrôler, à tout savoir sur ce que je fais. Et c'est peut-être d'ailleurs normal qu'il en soit ainsi, mais moi ça me met mal à l'aise, ce qui ne devrait pas être le cas. Si j'étais vraiment amoureuse de lui, je n'aurais aucun problème à lui dire ce que je fais de mes soirées. Si c'était l'homme de ma vie, il comprendrait que je puisse avoir envie d'avoir une vie sociale. C'est pourquoi je crois qu'au fond de moi je n'ai plus envie d'être avec lui. Je n'arrive pas vraiment à savoir si c'est à cause de son attitude ou tout simplement de la distance. J'étais pourtant certaine que notre amour résisterait à la distance, mais je me suis peut-être trompée. Alors je lui téléphone et nous avons une longue conversation pas très agréable. Je sens que je suis déjà détachée de lui tandis qu'il tente de s'accrocher. Il est plus difficile qu'on le croit d'être la personne qui quitte. On a une longueur d'avance sur la personne qui est quittée. Si on fait un parallèle avec les 7 étapes du deuil, car la séparation est un deuil, que l'on soit quitté ou que l'on quitte, les étapes ne sont pas vécues en même temps. Dans mon cas, je crois en être à l'étape de la reconstruction lorsque je décide d'annoncer ma décision à Frédéric, alors que lui semble cumuler les étapes de choc et de déni, de douleur et de culpabilité et de colère. Trois étapes en une, quelle aubaine ! Je finis par mettre fin à la conversation, consciente qu'étant celle qui le fait souffrir, je ne peux en même temps être celle qui le console.

Je prépare mes affaires et je tente de m'occuper l'esprit en faisant du ménage dans mon appartement. En passant l'aspirateur dans mon bureau, je m'aperçois que je n'ai pas vidé la corbeille à papier de cette pièce depuis longtemps. Il faut dire que je ne la remplis pas beaucoup parce que je travaille surtout avec mon ordinateur, et depuis l'époque où Jonathan a occupé cette pièce, j'ai pris l'habitude de travailler plutôt dans ma chambre. Je remarque des papiers chiffonnés, ce qui m'intrigue parce que moi je ne chiffonne jamais les papiers que je jette, je les déchire en confettis, plutôt. Je ne résiste pas longtemps à la tentation d'en déplier un qui est la liste des élèves de la classe de Jonathan, rien de bien intéressant. J'en prends un autre, sur lequel se trouve la moitié d'une recette de quesadillas, l'imprimante ayant visiblement manqué d'encre en plein milieu de la page. Sur le troisième bout de papier, je reconnais l'écriture de Jonathan, malgré les ratures :

« ~~Émilie, je sais que pour toi je ne suis qu'un collègue que tu héberges provisoirement, ou un ami, peut-être même ton meilleur ami, mais j'aimerais être beaucoup plus que ça. Je~~ »

Je m'assois avec la feuille à la main, sous le choc. Je n'y crois pas. Il a dû écrire ça alors qu'il était sous l'emprise de l'alcool, ce n'est pas possible autrement. Il n'a jamais eu envers moi le moindre geste ou la moindre parole ambigus ! Jamais ! Je téléphone immédiatement à Bernadette et lui lis les mots raturés.

— Et qu'est-ce que je te disais ? J'avais une fois de plus raison !

— Non, franchement, je pense qu'il a dû écrire ça un soir qu'il avait un peu trop forcé sur l'apéro puisque de toute façon il a tout raturé, il a jeté le papier et ne m'en a jamais parlé. Et je te jure qu'il n'a jamais tenté le moindre rapprochement avec moi.

— Non, bien sûr, à part quitter sa femme et emménager avec toi, pas le moindre rapprochement !

— Mais nous n'avons jamais été rien d'autre qu'amis et d'ailleurs nous le sommes beaucoup moins ces derniers temps.

— Et depuis quand vos relations se sont-elles refroidies ?

Je réfléchis un instant pour essayer de me rappeler le moment exact où j'ai remarqué un changement dans son attitude et je me rappelle.

— C'est depuis que je lui ai raconté mon week-end avec Frédéric et que je lui ai dit qu'on me proposait de renouveler mon remplacement, mais que je n'étais pas certaine d'accepter.

— Ça peut se comprendre, il a dû se dire que si tu n'étais même pas certaine d'avoir envie de rester une année de plus, il ne servait à rien qu'il espère plus de votre relation.

— Mais il prend les choses à l'envers. S'il m'avait fait part de ses sentiments, j'aurais peut-être eu tout de suite envie de rester.

— As-tu au moins essayé de te mettre à sa place deux minutes ? Il fond d'amour pour toi, et toi tu ne fais que tergiverser à propos de Frédéric, alors que tu le crois capable de payer quelqu'un pour t'espionner ! Que veux-tu que Jonathan fasse ? Qu'il te dise « ah, au fait je suis amoureux de toi, si ça peut t'aider à prendre ta décision ». Il n'a pas eu envie de se prendre un râteau, ça peut se comprendre.

— Mais il ne m'a jamais donné le moindre indice ! Rien qui aurait pu laisser croire qu'il souhaitait qu'on soit autre chose que des amis.

— Tu crois ça parce que tu n'as jamais imaginé autre chose, mais si tu revois tout ce qu'il a fait en ayant à l'esprit qu'il est amoureux de toi, tout prend un autre sens, à commencer par sa rupture avec Sophie.

— Oui, peut-être bien.

— Le plus important, c'est ce que tu éprouves, toi. Tu as envie de plus avec lui, ou pas ?

— Eh bien, je ne te cache pas que c'est la personne avec qui je me sens le mieux, j'ai toujours envie d'être avec lui…

— Eh bien, dans ce cas, vite, file à l'aéroport !

— Qu'est-ce que tu veux que j'aille faire à l'aéroport ?

— Je ne sais pas, dans les films, c'est toujours comme ça que ça se passe.

J'éclate de rire.

— Tu es folle, Bernadette ! On n'est pas dans un film, il n'y a pas d'aéroport, il y a seulement le parking de l'école d'où on va partir en classe verte demain et nous partons tous les deux.

— C'est beaucoup plus simple alors. Moins romantique, mais plus simple.

Chapitre 27

Nous partons comme prévu le lendemain matin depuis le parking de l'école après avoir réparti les enfants dans les voitures des parents qui se sont portés volontaires pour le covoiturage. Je monte dans la voiture de Jonathan, mais trois enfants prennent place à l'arrière, de sorte que nous ne pouvons pas trop parler. Je n'ai pas pris contact avec lui hier soir parce que je voulais réfléchir pour être certaine de prendre la bonne décision, ce qui n'a pas été bien long. Il a été plus compliqué de trouver la meilleure façon d'aborder le sujet avec lui. J'ai son petit mot raturé au fond de la poche de mon jean, ce sera mon entrée en matière, ne me reste qu'à trouver le bon moment qui se présente assez providentiellement le soir même, alors que nous venons de mettre les enfants au lit, nous ressortons tous les deux pour éteindre le feu de camp autour duquel nous avons passé une partie de la soirée.

— Jonathan ?

— Oui, Émilie.

— J'ai trouvé ça en faisant du ménage dans ton ex-chambre.

Je lui tends le bout de papier.

— Oh, répond-il gêné, si je te dis que ça s'adressait à une autre Émilie, tu vas me croire ?

— Euh… Non.

— Et que ce n'est pas moi qui l'ai écrit ?

— Non plus.

— Et si je te dis que c'est une fiction que j'avais commencée pour mon cours de littérature ?

— Tu ne suis pas de cours de littérature.

— Bon… On peut vraiment parler d'un acte manqué. Je n'ai pas volontairement laissé ça chez toi pour que tu tombes dessus, tu peux me croire. Mais je ne suis pas fâché non plus que tu l'aies trouvé. Je pense chacun des mots qui sont écrits là-dessus, même si je les ai raturés. Et maintenant que tu es au courant, que peut-il m'arriver de pire ? Je suis déjà confiné à la *friend zone*.

— Ça ne serait peut-être pas le cas si je n'étais pas tombée sur une jeune femme en t-shirt d'homme chez moi à 4 heures du matin une certaine nuit…

— Cette fille ce n'était rien. Je sais bien que tous les hommes pris en flagrant délit de tromperie disent ça, mais pour ma défense, nous n'étions pas ensemble, toi et moi, donc techniquement, il n'y avait pas tromperie. J'étais vert de jalousie quand j'ai vu ton Frédéric apparaître et venir troubler un moment qui pour moi était parfait. Oui, pour moi, boire du café avec toi le dimanche matin en lisant le journal et en se commentant les dernières nouvelles, en consultant chacun de son côté Facebook en se moquant ensemble de tous ces gens qui essayent de s'inventer une vie pour la présenter aux autres, alors que pour moi, la vie, c'est justement des moments comme celui-là, c'était un moment parfait pour moi.

Je sais bien que j'ai faussé la donne en me présentant à toi comme un simple coloc et qu'il n'y avait aucune chance pour que tu voies en moi autre chose qu'un collègue sympa un peu paumé avec un look pas possible que tu hébergeais provisoirement. Mais si je me suis retrouvé chez toi, c'est parce que j'ai quitté Sophie parce que je n'arrivais plus à me regarder en face ni à la regarder en face. Je ne pouvais plus rester avec elle alors qu'à chaque minute je pensais à toi. Il ne s'était rien passé entre nous, pas une promesse, pas un geste, rien, mais tu étais devenue une véritable obsession pour moi et j'ai cru qu'il était plus honnête de quitter Sophie. Je ne lui ai pas dit que je partais à cause de toi, mais les femmes savent ces choses-là, et on ne peut pas exclure qu'elle ait fouillé dans mes affaires. Je ne suis pas un expert en séduction, j'ai tenté de lutter avec les armes qui sont les miennes, t'offrir un peu de bonheur, prendre soin de toi. Ce soir-là, le jour de la visite de Frédéric, après avoir passé la journée à errer dans la ville, j'étais malheureux et jaloux. J'ai réalisé que j'en avais assez du rôle du collègue hébergé provisoirement. Et j'ai fait ce que les hommes font trop souvent dans ce genre de circonstances, j'ai cherché à tester mon pouvoir de séduction. J'ai fait la danse de l'amour et une femelle, une proie facile, y a été sensible et je l'ai ramenée à la maison. Même pas ma maison, chez toi, là où tu as eu la gentillesse de m'héberger alors qu'on se connaissait à peine. J'ai été minable. Je n'avais aucune envie d'être avec cette fille et ça ne m'a même pas vacciné contre celle d'être avec toi. Mais je ne savais pas que tu l'avais vue. En tout cas, j'ai regretté de l'avoir ramenée dès que j'ai ouvert l'œil le lendemain et je n'ai plus jamais eu envie de recommencer. Je me suis dit qu'il valait mieux être ton bon copain que ton rien du tout, alors j'ai joué à fond mon rôle de meilleur ami. Pas gay, faut pas pousser non plus… Quand tu m'as demandé de te prêter ma voiture pour partir en week-end avec Frédéric, j'ai bien failli te dire non, inventer une excuse. Mais même si ça me rendait malade de t'imaginer dans cet hôtel romantique avec lui, je l'ai fait quand même, je t'ai prêté ma voiture parce que j'avais cette intuition que toi et lui ça allait capoter et j'espérais que ce serait ce week-end-là que ça se passerait. J'y croyais vraiment, je m'accrochais à cette idée. Et j'ai bien fait, finalement, mais qu'est-ce que tu as mis du temps à comprendre ! J'ai failli ne plus y croire quand tu es revenue de ce week-end et que tu doutais toujours à propos de ta relation avec Frédéric. Une fois encore, je me suis découragé, et une fois encore je me suis dit qu'être confiné à la *friend zone* était mieux que d'être fâché avec toi. Et je ne te parle même pas de Xavier ! Même si tu quittais Frédéric, qu'est-ce qui me prouvait que tu ne tombes pas sous son charme à lui ?

— Tu as été d'une patience incroyable, c'est vrai que j'ai mis du temps à comprendre et c'est vrai aussi que je ne savais pas où j'en étais. Mais il faut bien se rendre à l'évidence, c'est à toi que j'ai envie de dire tout ce qui me passe par la tête et de raconter tout ce qui m'arrive. C'est avec toi que je me sens moi-même. La seule ombre au tableau ce sont ces satanés sarouels !

— Je les brûlerai tous jusqu'au dernier !

— Tu sais, on en fait maintenant des plus… tendance.

— Tout ce que tu voudras, dit-il en s'approchant de moi.

Nous nous embrassons, mais nous sommes interrompus par des lumières qui s'allument depuis les dortoirs. Nous nous tournons vers eux pour apercevoir les enfants qui se sont tous agglutinés aux fenêtres qu'ils ont ouvertes en applaudissant et en poussant des « bravos » et des « enfin »… Il ne faudrait pas que cette séquence soit portée à la connaissance du rectorat…

Épilogue

En ce jour de rentrée scolaire, je refais encore une fois ce trajet entre mon appartement et l'école, en repensant au même trajet fait pour la première fois il y a tout juste un an. Je ne suis pas du tout dans le même état d'esprit. D'abord, il fait 18 ° et il tombe une légère bruine, alors que l'année dernière c'était la canicule et un soleil presque incommodant. C'est comme si, à l'époque, les éléments avaient tenté de cacher leur véritable nature afin de séduire la fille du Sud que je suis ou que j'étais… Aussi, il y a Jonathan qui roule à côté de moi. Bon, je sais que les règles de sécurité imposent que nous roulions l'un derrière l'autre, mais pour l'instant nous sommes seuls dans la rue. Même si j'ai longtemps refusé l'idée que notre amitié puisse laisser place à d'autres sentiments et longtemps nié aussi que lui-même puisse avoir cela en tête, Jonathan a réussi à me convaincre du contraire. Il a été tellement obstiné et patient que j'ai fini par me rendre à l'évidence… Malgré tout, ce n'était pas gagné, il fallait encore s'assurer de notre compatibilité à tous points de vue… Et je dois admettre que la compatibilité est optimale et même plus que ça ! Oh oui !

Ça a été long, mais il faut dire que j'étais toujours avec Frédéric et que si notre histoire devenait compliquée, je mettais ça sur le dos de l'éloignement tout en croyant sincèrement que nous allions surmonter ça. Puis, petit à petit, le doute s'est immiscé dans mon esprit. Bernadette a aussi contribué à m'ouvrir les yeux. Et elle, je ne peux pas l'accuser d'avoir agi par intérêt personnel. Elle n'avait rien à gagner ou à perdre, elle voulait seulement le meilleur pour moi. Elle aimait même bien Frédéric au départ, mais elle avait suffisamment d'intérêt pour moi pour arriver à faire la part des choses et se poser les bonnes questions. Le plus fort dans tout ça, c'est que Jonathan et Bernadette n'ont pas été complices, chacun a agi de son côté, mais ils sont allés dans le même sens. Résultat, chacun avec ses moyens, ils m'ont fait comprendre que Frédéric n'était pas celui que je croyais. Il a triché dans son travail. Même si cela ne me concerne pas directement, je n'aime pas l'idée que l'homme de ma vie soit capable de payer quelqu'un pour voler des secrets commerciaux à une entreprise concurrente. On a beau dire que les domaines privés et professionnels sont distincts, aller jusque-là est pour moi le signe d'un manque d'honnêteté qui peut tôt ou tard se manifester dans le cadre privé. D'ailleurs, j'ai appris que la frontière avait été franchie et qu'il avait vraiment demandé à Sébastien de me filer, sauf que celui-ci a eu pitié de moi et a prétendu n'avoir rien trouvé. Il a rapidement compris le lien entre Bernadette et moi et comme il a trouvé qu'elle était extrêmement attachante, contrairement à Frédéric envers qui il avait une hargne qui remontait à l'époque du lycée, une sombre histoire. En tout cas, il a choisi de ne rien dire à propos de ma vie privée.

Même si j'ai décidé de ne rien dire ni faire à part me séparer de Frédéric, il a été rattrapé par son karma et il s'est avéré que les prétendus secrets commerciaux que Sébastien avait cru voler à Finis Terra étaient bidon. Apparemment, ce n'est pas la première fois que quelqu'un tente de voler leurs recettes, mais ces Bretons sont malins et ont mis en place un système qui fait du voleur amateur un arroseur arrosé. Toute cette histoire a fait réaliser à Sébastien que l'espionnage n'était finalement pas sa tasse de thé et il a ouvert un magasin de vélos avec un de ses amis, le vélo étant sa deuxième passion après le tango.

Nous arrivons devant l'école et nous pénétrons dans la cour après avoir attaché nos vélos. Je suis heureuse de commencer cette nouvelle année scolaire et même si je n'ai aucune idée de ce que l'avenir me réserve, j'ai décidé de me laisser porter par la vie qui sait parfois mieux que nous ce qui nous convient.

FIN

Remerciements

Je veux d'abord remercier Philippe, mon mari, qui m'a bien aidée à trouver dans quelle catégorie classer ce texte en me disant qu'il en avait « lu de pires ». Sérieusement, je le remercie parce qu'il est toujours pour moi d'un soutien sans faille dans absolument tous les domaines de ma vie, sans jamais chercher à me diriger. Ce n'est pas par hasard que mon nom de plume est le sien.

Je veux remercier mes « bêta-lectrices », Emmanuelle, Élyse et Cécilia. Ce ne sont pas de vraies bêta-lectrices parce que ce sont avant tout mes amies, mais le fait que ma petite histoire ait passé le test de leur lecture m'a donné le courage de la diffuser plus largement

Je remercie aussi mes enfants, Daphné, Joseph et Paul, d'avoir grandi et de me permettre de prendre du temps pour mes projets personnels. Un merci tout particulier à ma fille qui a de bonne grâce quitté momentanément les grands auteurs qui font partie de son quotidien pour lire la prose de sa maman.

Merci à Tristan (Corvy-Graphisme) d'avoir réussi à réaliser une couverture aussi « *girly* » que je le souhaitais, alors que, même si je ne le connais pas beaucoup, je soupçonne qu'il y a environ 0 % de « *girly* » en lui.

Je remercie la très prolifique Aurélie qui, en me confiant la correction de quelques-uns de ses « bébés », m'a permis de découvrir l'existence de l'auto-édition. C'est en voyant comment elle arrive à mener sa barque toute seule avec une très grande réussite que j'ai eu envie de me lancer.

Je remercie enfin toute personne qui lit ces lignes et que je ne connais pas.

Mot de l'auteur

N'hésitez pas à laisser un commentaire sur Amazon.

Vous pouvez me suivre sur Facebook :

https://www.facebook.com/Marie-B-Cartaillac

Dépôt légal mai 2017
Éditeur : Marie B. Cartaillac
32, avenue Georges Clemenceau, 34000 Montpellier
Imprimé par Createspace